AF536610

Guido Kasmann

Der schwarze Nebel

aus der Reihe

Fantastische Zauberwelten

mit Illustrationen von Carmen Hochmann

MIX
Papier aus verantwortungsvollen Quellen
FSC® C014138

Liebe Kinder, liebe Lehrkräfte und Eltern,

lesen können ist wichtig. Es bringt auf neue Ideen. Es ist aufregend. Es hilft zu verstehen, was auf dieser Erde jeden Tag alles passiert – und warum. Und es ist Grundvoraussetzung für Erfolg in sämtlichen Schulfächern oder bei den Hausaufgaben. Kurzum öffnet das Lesen alle Möglichkeiten für die eigene Zukunft. Aber vor allem macht lesen Spaß.

Leider können viele Kinder in Deutschland nicht lesen. Deswegen helfen wir ihnen und setzen uns für sie ein – mit freiwillig Engagierten, die vorlesen, Angeboten für Lehrkräfte und Eltern sowie tollen Partnern mit spannendem Lesestoff wie diesem. Viel Spaß beim Entdecken.

Dr. Jörg F. Maas,
Hauptgeschäftsführer der Stiftung Lesen

Gemeinsam fürs Lesen!

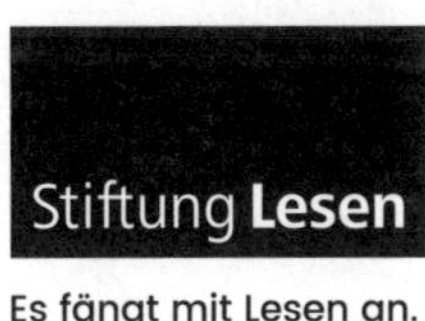

Es fängt mit Lesen an.

Zu diesem Taschenbuch sind folgende Materialien erhältlich:

- **Literaturprojekt zu „Der schwarze Nebel"**

Im BVK Buch Verlag Kempen sind weitere **Bücher** von Guido Kasmann erschienen:

Fantastische Zauberwelten:

- **Der Fluch des Bergzauberers**
- **Der Angriff der Dunkelelfen**

Kathi und Gregor:

- **Appetit auf Blutorangen**
- **Das Schweigen des Grafen**

Weitere Bücher von Guido Kasmann:

- **Die Osterschildkröte**
- **Kein Raumschiff im Schrank**
- **Sing, Luisa, sing!**
- **Allaq. Jäger im Eis**
- **Die Bande der unbekannten Helden rettet die Welt**
- **Theo – das Tagebuch**
- **Schirmel und Oderich**
- **Neue Geschichten von Schirmel und Oderich**
- **Lena! Chaos! Klappe, die erste!**
- **Fiete Hering – Abenteuer im Müllmeer**

Bibliografische Information der Deutschen Bibliothek
Die Deutsche Bibliothek verzeichnet diese Publikation in der Deutschen Nationalbibliografie; detaillierte bibliografische Daten sind im Internet über www.dnb.de abrufbar.

www.buchverlagkempen.de

14. Auflage, Kempen 2025
© 2009 BVK Buch Verlag Kempen GmbH, Kempen

Nach der neuen deutschen Rechtschreibung

Alle Rechte dieser Ausgabe vorbehalten durch
BVK Buch Verlag Kempen GmbH

Lektorat: Hildegard van der Gieth, BVK
Umschlaggestaltung: Nadine Gilles, BVK, unter Verwendung der Illustration von Carmen Hochmann, Bielefeld
Gestaltung: Nadine Gilles, BVK
Illustrationen: Carmen Hochmann, Bielefeld
Druck / Bindung: Jettenberger Internationale Druckagentur, D-Königsbrunn

Printed in Germany

Best.-Nr.: LI38, ISBN 978-3-86740-155-5

1. Kapitel

Ein neugieriger Kobold und ein kitzliger Drache

Sind Drachen unter dem Bauch kitzlig?", fragte sich Kuno, der Kobold. Heute könnte er es herausfinden. Beim Herumlaufen im Zauberreich war er durch Zufall auf den schlafenden Drachen gestoßen. Plötzlich, als er eine Lichtung betrat, ruhte das böseste und gefährlichste Wesen des Zauberreiches nur wenige Schritte vor ihm auf dem Waldboden. Die Gelegenheit war einmalig!
Kuno duckte sich hinter ein Gebüsch und betrachtete das Ungeheuer aus sicherer Entfernung. Es war nicht irgendein Drache, sondern Fürst Feridun Flint von Funkenflug persönlich, der Herrscher über die Dunkle Seite des Zauberreiches. Der Drachenfürst stellte aber derzeit keine Gefahr dar, denn er schlief.

Der Rücken des Drachens bestand aus riesigen, graubraunen Schuppen, die bis zum Ende seines gigantischen Schwanzes immer kleiner wurden. Schon eine einzelne Schuppe war fast so groß wie Kuno. Nur unter dem Bauch hatte der Drachenfürst keine Schuppen, dort war die Haut rosafarben und glänzte, als sei sie nass. Er sah sehr friedlich aus im Schlaf. Doch das täuschte. Wenn er nicht schlief, war er der größte Schrecken im Zauberreich.

Man erzählte sich, dass Fürst Feridun Zitterelfen fing und sie für sich arbeiten ließ. Tag und Nacht mussten sie für ihn nach Gold, Silber oder funkelnden Steinen unter und über der Erde suchen, denn der Drachenfürst liebte alles Leuchtende und Glitzernde. Kuno hatte gehört, dass er auch ganz besonders kleine Menschenmädchen mit blonden Haaren mochte. Der Kobold wusste leider nicht, wie ein blondes Menschenmädchen aussah. Wie sollte er auch? Er hatte noch nie das Menschenreich betreten.

Der Drache schnaufte im Schlaf. Kleine Rauchwölkchen stoben aus seinen dicken Nasenlöchern, aber sein riesiges Drachenmaul war geschlossen. Zum Glück, denn ihm konnten bedrohliche Feuerstöße entweichen, die kleine Kobolde in ein Häuflein Asche verwandelten.

Kuno verließ die Deckung des Gebüsches. Leise schlich er auf den schlafenden Drachen zu und behielt dabei die Augen des Fürsten im Blick. Sie waren immer noch geschlossen. Gut. In Höhe des Kopfes hielt Kuno inne. Puh, was stank der Drachenatem. Wie verschimmelte Giftpilze! Langsam und vorsichtig, einen Fuß vor den anderen setzend, näherte er sich dem Bauch. Welcher Kobold war dem schrecklichsten Ungeheuer des Zauberreiches je so nah gewesen, wie jetzt gerade Kuno? Keiner jedenfalls, den er kannte. Sein kleines Koboldherz schlug wild bei dem Gedanken. Aber nicht nur aus Stolz, nein, ganz sicher auch aus Angst. Sollte Fürst Feridun tatsächlich kitzlig sein, musste Kuno damit rechnen, dass er erwachte. Dann hieß es: „Lauf um dein Leben, Kobold!“ Der Drache durfte ihn keinesfalls entdecken. So würde Fürst Feridun vielleicht denken, er habe nur geträumt. Kuno brauchte ein Versteck, das er schnell erreichen konnte. Das Laub des Gebüsches war nicht dicht genug. Er schaute sich um.

Höchstens sieben oder acht Koboldschritte entfernt entdeckte er einen kleinen Felsüberhang aus mehreren großen Steinen, die eine kleine Mauer bildeten. Das bot gute Deckung. Bis Fürst Feridun den riesigen Kopf zu seinem eigenen Bauch geschwenkt hatte, um zu schauen, wer ihn da gekitzelt hatte, konnte sich Kuno schon hinter diesem Vorsprung versteckt haben. Kuno schlich weiter zum Bauch des Drachen. Wie zart die

Haut dort wirkte, im Gegensatz zu den rauen Schuppen auf dem Rücken! Langsam streckte er seinen kleinen Koboldfinger aus und fuhr zweimal sanft über die rosige Haut. Dann ein schneller Blick zum Kopf. Der Drache schlief ruhig. Kuno presste den Finger ein bisschen fester in den Bauch. Nichts. Keine Reaktion. Er entschloss sich, mit der ganzen Hand über die Haut zu streichen. Immer noch nichts. Der Körper des Ungeheuers hob und senkte sich gleichmäßig im Rhythmus seines Atems.

Vielleicht musste er doch heftiger kitzeln? Kuno ballte seine kleinen Hände zu Fäusten und trommelte mit aller Kraft gegen das rosige Fleisch.

Ein donnerndes Lachen schüttelte den Drachen. Flammen schossen aus seinem Maul. Der Kobold zuckte zusammen.

„Bloß weg!“, dachte Kuno voller Panik. Er fuhr herum und hastete auf den Felsvorsprung zu, stolperte, fing sich wieder und rannte weiter.

Fürst Feridun hatte sich leider viel zu schnell von der Kitzelattacke erholt und auf seine breiten Beine gestellt. Sofort entdeckte er den kleinen fliehenden Kobold. Kuno spürte den fauligen Atem in seinem Nacken. Ein Brüllen ließ den Boden erzittern.

Mit einem Sprung landete der Kobold hinter dem Vorsprung und sah im gleichen Moment mit Schrecken, wie schmal dieser war. Direkt dahinter lauerte ein Abgrund! Kuno krallte sich an einen der Steine.

Als er aufblickte, packte ihn das Entsetzen. Das riesige Maul des Fürsten war direkt über ihm.

Und jetzt? Er saß in der Falle! Hinter ihm ein Abgrund, vor ihm ein wütender Drache. Voller Panik schaute Kuno in die Augen des Zauberwesens. Was er dort sah, machte ihm keinen Spaß. Fürst Feridun Flint von Funkenflug sah aus wie ein sehr übel gelaunter Drache, den man aus dem Schlaf gerissen hat. Sein gigantischer Kopf näherte sich dem Kobold. Kuno war schlecht vor Angst.

Der Drache donnerte: „Du kleiner Wicht hast mich geweckt? Bist du übergeschnappt? Oder ein Trottel?“

Kuno zog es vor, darauf nicht zu antworten. Er versuchte stattdessen ein zaghaftes Lächeln. Obwohl seine Lage wirklich hoffnungslos aussah. Er bemühte sich, cool zu klingen, dennoch zitterte seine Stimme, als er vorschlug: „Okay, Fürst, du hast gewonnen.

Morgen spielen wir wieder, dann musst du dich aber auch mal verstecken. Wenn du einverstanden bist, hau ich jetzt ab nach Hause. Bin sowieso spät dran ..."

Der Drache schnaufte. „Pass auf, Kobold, das hier ist kein Spiel! Wenn ich gleich ausatme, siehst du aus wie ein Würstchen, das man auf dem Grill vergessen hat!"

Gab es denn keine Rettung? Zitternd wartete Kuno auf den heißen Feuerstoß. Geräuschvoll holte der Drache Luft.

Kuno lehnte sich etwas nach hinten. Vielleicht würde sich der heiße Atem bis zu ihm ein wenig abkühlen. Der Drache grinste hämisch. Er ließ sich Zeit und weidete sich an der Angst des Kobolds.

Ja, Kuno hatte höllische Angst. Und er wollte kein verkohltes Würstchen werden! Er wich noch ein kleines Stück zurück. Da geschah es: Das Geröll unter ihm gab nach und seine Füße fanden keinen Halt mehr. Kuno rutschte bäuchlings rückwärts auf den Abgrund zu. Die Augen des Drachen wurden zu Schlitzen. Fürst Feridun atmete aus. Kuno riss es über die Felskante hinab in die Tiefe. Im nächsten Moment stand der Vorsprung in Flammen. Doch der Feuerstoß des Drachen war ins Leere gegangen.

Kuno schrie aus **Leibeskräften!**

Der Sturz schien endlos zu dauern. Kuno wusste jetzt, dass Drachen unter dem Bauch kitzlig sind. Aber gleich würde er auf der Erde aufprallen. Und sterben. Plötzlich war der Flug zu Ende. Er war aber auch nicht auf hartem Boden gelandet. Es fühlte sich weich an. Er hörte eine vertraute Stimme.

„Kuno, ich hab's satt. Ich habe dich nur ein paar Minuten aus den Augen gelassen. Und schon schwebst du wieder in Lebensgefahr. Ich kann nicht mehr! Ich will nicht mehr!"

Kuno begriff voller Erleichterung, dass er von einem seiner Schutzengel aufgefangen worden war. Der Kobold schaute in sein Gesicht und bemerkte, dass sich dessen Augen mit einer durchsichtigen Flüssigkeit füllten.
„Schon komisch“, dachte Kuno. „Da entkommt man mit Mühe und Not dem Feuerstoß eines Drachen, fällt in einen Abgrund und wird dann von einem heulenden Schutzengel angemeckert.“ Laut sagte er: „Beruhige dich, Messriel, es ist doch alles gutgegangen.“
Der Kobold schaute sich um. „Wo ist Schutzengel Gabriel?“
„Hier“, hörte er eine Stimme hinter sich. „Wir bringen dich jetzt zu Donna Simona. Keine Minute länger übernehmen wir die Verantwortung für dich!“
Kuno seufzte. „Du kannst mich runterlassen“, sagte er zu Messriel. Der ließ einfach seine Arme hängen und Kuno plumpste unsanft auf den Boden. Nicht so tief wie in den Abgrund, aber Schutzengel waren immerhin groß genug, dass der Aufprall schmerzte.
„Au!“, schrie Kuno auf. „Und ihr wollt Schutzengel sein!“

2. Kapitel

Kuno will lernen, auf sich aufzupassen

Mit den beiden Schutzengeln an seiner Seite stapfte Kuno nachdenklich in Richtung Engelsburg. Gabriel und Messriel wollten Donna Simona berichten, was er wieder angestellt hatte. Donna Simona war die Leiterin der Engelsburg und damit Chefin über alle Engel des Zauberreiches. Sie war streng. Der Kobold ahnte, dass er Ärger bekommen würde.
Die weiß schimmernde Burg tauchte vor ihnen auf. Über seinem Kopf sah Kuno weitere Schutzengel auf die Burg zufliegen. Vielleicht hatten auch sie gerade eben ein Wesen des Zauberreiches vor Unheil bewahrt. Andere stiegen hinter den Mauern in den Himmel und schwärmten in alle Richtungen aus, um im Zauberreich aufzupassen.

Gabriel, Messriel und Kuno betraten die Burg durch das große Tor. Kuno konnte ja nicht fliegen.
„Wir wollen sofort zu Donna Simona vorgelassen werden!“, herrschte Messriel den Wache haltenden Engel an und ergänzte: „Es ist dringend!“
Gabriel wandte sich dem Kobold zu: „Wir werden erst einmal alleine mit Donna Simona reden!“
Kuno versuchte gar nicht zu widersprechen. Seufzend nickte er und wartete, dass man ihn rief.

Endlich wurde Kuno im Großen Saal der Engelsburg von Donna Simona empfangen. Sie saß auf einem glitzernden Thron. Um sie herum standen zahlreiche Schutzengel, unter ihnen auch Gabriel und Messriel.
Donna Simona erhob sich und schritt langsam auf Kuno zu, wobei sie ihn nicht aus den Augen ließ. Der Kobold fühlte sich noch kleiner, als er ohnehin schon war. Dann sprach Donna Simona mit scharfer Stimme: „Kuno, wir wissen nicht mehr weiter mit dir. Engel Gabriel und Engel Messriel sind völlig erschöpft, weil du dich andauernd in ärgerliche oder gar gefährliche Situationen begibst." Die anderen Schutzengel nickten. „Ich werde die beiden zur Kur nach Bad Flügelheim schicken müssen." Donna Simona beugte sich zu ihm hinunter. Kuno musste seinen kleinen Koboldkopf weit in den Nacken legen. Ihr Gesicht war nun sehr nah, als sie fortfuhr: „Meinst du, ich hätte nur dafür zu sorgen, dass *dir* nichts passiert, Kuno? Es gibt noch andere Wesen des Zauberreiches, auf die wir aufpassen müssen."
Kuno senkte den Kopf. Was sollte er sagen? Mit belegter Stimme murmelte er: „Na, kann doch jedem mal passieren."
Auf der Stelle brachen alle anwesenden Engel in klirrendes, hohes Kichern aus. Aber Kuno ließ sich nicht beirren: „Kann ich es nicht mal alleine versuchen, bis Gabriel und Messriel von der Kur zurück sind? Ehrlich, Donna Simona, ich passe ab jetzt ganz toll auf."

Donna Simona atmete laut aus. „Kuno, *zwei* Schutzengel reichen nicht, um dich zu beschützen. *Ohne* Schutzengel schaffst du es keine zwei Tage, im Zauberreich zu überleben. Ach, was sage ich, keine zwei Stunden. Vorher wirst du von den Dämonen verschleppt, von einem Drachen gegrillt oder von den schwarzen Elfen entführt, wenn dich nicht vorher die fleischfressenden Pflanzen oder Werwölfe ... Na, ich will dir lieber keine Angst machen!"

Kuno hatte bereits Angst. Donna Simona hatte nur ein paar Gefahren geschildert, die einem kleinen Kobold im Zauberreich drohten. Vor nicht allzu langer Zeit hatte er eine Hexe gefragt, ob sie ihm etwas kochen könne, er habe solchen Hunger. Die Hexe lächelte sehr freundlich, fand Kuno, und lud ihn zu sich in die Hütte ein. Engel Messriel und Engel Gabriel hatten ihn gerade noch davor bewahren können, in ihrem Topf zu landen. Es war die Hexe Fliegenpilz gewesen und ihre Leibspeise sind Kobolde und Wichte.

„Um es kurz zu machen, Kuno, wir können nicht länger die Verantwortung für dich übernehmen", erklärte Donna Simona.

„Und ohne uns bist du aufgeschmissen", ergänzte Gabriel.

„Also musst du in Sicherheit gebracht werden. Daher verfüge ich, dass du eine Zeit lang wieder im Koboldgarten wohnen musst, um zu lernen, wie man

sich im Zauberreich verhält", entschied Donna Simona und die anderen Engel nickten eifrig.

„Nein!", brüllte Kuno.

„Sei vernünftig! Wir haben dich wohl damals ein bisschen zu früh entlassen", versuchte Simona ihn zu beschwichtigen. „Und dort hast du alles, was du benötigst. Feen geben dir Unterricht im Kobolden. Und wenn du vernünftiger geworden bist, kannst du dich ein bisschen sicherer durch den Zauberwald bewegen. Dann übernehmen wir auch gerne wieder die Verantwortung für dich, nicht wahr, liebe Schutzengel?" Sie hatte sich bei den letzten Worten herumgedreht und schaute die Umstehenden an.

Die Engel nickten eher zaghaft. Es war ihnen anzusehen, dass sie nicht scharf darauf waren, den Kobold irgendwann wieder beschützen zu müssen.

Nein, Kuno wollte nicht wieder in den schrecklich langweiligen Koboldgarten! Er gehörte zur Engelsburg und viele Wesen, vor allem Kobolde und Wichte, wurden hier auf das Leben im Zauberreich vorbereitet. Morgens lernte man, wie man höfliche Gespräche mit Feen führte. Andere Unterrichtsfächer hießen:

„Elfengeschichten, von Mauerblümchen vorgetragen“, „Koboldgeschenke, zauberhaft verpackt“ oder „Streit vermeiden mit Dunkelelfen“. Man durfte den Koboldgarten nicht verlassen und das Aufregendste am Tag war schon, wenn man mit den Wichten im Park Verstecken spielen konnte.

„Bitte, Donna Simona, ich will nicht wieder in den Koboldgarten. Ich verspreche dir, ich werde keine Waldwesen mehr ansprechen, die ich nicht mit Namen kenne, ganz langsam laufen, keine Späße mehr mit den Bergzauberern …“

„Schluss!“, donnerte Simona. „Du hast es gut im Koboldgarten! Dort kann dir nichts passieren. Im nächsten Winter sprechen wir uns wieder. Dann entscheide ich, ob du eine neue Chance bekommst, frei im Zauberreich herumzulaufen.“

„Wir geben die Hoffnung ja nicht auf“, ergänzte Messriel lächelnd.

Donna Simona deutete auf die Tür des Saales. Das Gespräch war beendet.

Mit hängendem Kopf schlurfte Kuno hinaus. Er wollte sich nicht ausmalen, wie langweilig nun sein Leben im Koboldgarten sein würde. Keine Wichte erschrecken, keine Elfen ärgern … Sicher, es stimmte, manches Abenteuer wäre schlechter für ihn ausgegangen, wenn nicht Gabriel und Messriel auf ihn aufgepasst hätten. Und ja, das stimmte auch, er war der einzige Kobold, der von *zwei* Schutzengeln beschützt wurde.

Und warum? Weil er neugierig war. Und wenn man wissen wollte, ob ein Drache unter dem Bauch kitzlig war, musste man eben unter seinen Bauch schleichen, wenn er schlief, und es herausfinden ... Vielleicht hätte er aber vor ein paar Tagen nicht die Wurzelzwerge ärgern sollen. Ihre Nasen erinnerten ihn irgendwie an verknotete Wurzeln. Leider hatte Kuno ihnen das auch gesagt. Konnte er ahnen, dass diese kleinen Wurzelgnömchen so schnell beleidigt waren?

Ach, Gabriel, Messriel und Donna Simona hatten Recht, er brachte sich immer wieder in gefährliche Situationen. Aber im Koboldgarten würde er auch nicht lernen, besser auf sich aufzupassen. Keine Abenteuer mehr im Zauberwald und wenn es dunkel wurde: ab in die Koboldkammer zum Schlafen. In die Koboldkammer, wenn es im Zauberwald erst richtig losging – unglaublich!

Nein, er würde nicht in den Koboldgarten gehen. Er musste lernen, auf sich selbst aufzupassen. Kuno schaute sich kurz um. Niemand in der Nähe. Ein Sprung auf die kleine Mauer, ein weiterer Sprung auf der anderen Seite wieder hinunter und er hatte die Engelsburg verlassen.

Hüpfend und lachend sprang er auf dem Pfad herum, der ihn direkt in das Herz des Zauberwaldes führte.

Jetzt konnte das Abenteuer beginnen!

3. Kapitel

Jan steht vor einer schwierigen Matheaufgabe

Jenseits der Grenze des Zauberreiches saß Jan im Klassenraum der 4a. Er wusste nichts von einem Kobold, nichts von Gabriel und Messriel oder kitzligen Drachen. Gerade hatten sie Mathe bei Frau Mittermann. „Eigentlich muss die Stunde jeden Moment zu Ende sein", dachte Jan. Er passte gar nicht mehr auf und träumte ein bisschen vor sich hin.

In Mathe war er ganz gut, wenn auch nicht so stark wie Rebecca, eine Mitschülerin am Gruppentisch hinter ihm. Aber der Unterricht bei Frau Mittermann war so langweilig, dass er mit seinen Gedanken immer schnell woanders war. Am liebsten dachte er sich dann Geschichten aus, in denen er mit Rebecca Abenteuer erlebte. Er stellte sich vor, wie er sie rettete – mal aus der Gefangenschaft brutaler Piraten, mal mitten aus einem Rudel hungriger Wölfe, das sie umringte … Oder Rebecca und er unternahmen eine Dschungelexpedition. Überall lauerten Giftschlangen und gefährliche Tiger. Und sie hatten nur ein scharfes Dschungelmesser, um sich einen Weg durch die dichten Schlingpflanzen zu schlagen …

Oder sie fanden auf einer einsamen Insel einen Schatz … Manchmal summte Jan während des Unterrichts auch kleine Melodien vor sich hin, so leise, dass selbst sein Nachbar sie kaum hören konnte. Melodien, die er später auf seiner Blockflöte ausprobierte. Ja, am liebsten dachte er sich irgendetwas aus. Das war viel schöner, als sich mit diesen langweiligen Zahlen zu beschäftigen.

Die Kinder lachten, Jan schreckte aus seinen Gedanken und schaute auf. Frau Mittermann stand vor der Klasse, grinste und sagte:
„Rebecca geht von der Schule nach Hause. Genau zur gleichen Zeit fährt Rebeccas Mutter ihr mit dem Fahrrad von zu Hause entgegen. Sie beeilt sich. Wer ist weiter von der Schule entfernt, als sie sich treffen?"

Jan seufzte. Was sollte das denn? Das war ihm doch egal. Gerne würde er Rebecca einmal nach Hause begleiten. Und er hoffte, dass ihnen ihre Mutter dann nicht entgegen kam.
Hoffentlich nahm Frau Mittermann jetzt nicht gerade ihn dran. Er hatte keine Ahnung, worum es eigentlich ging. Jan schaute hinter sich zu Rebecca. Sie grinste, wie die meisten anderen Kinder um ihn herum. War die Aufgabe so lustig?

„Na, Jan, was denkst du?", schreckte ihn die Stimme der Lehrerin aus seinen Gedanken. Er drehte sich hastig wie-

der um. Warum löste sich Frau Mittermann jetzt nicht einfach auf?
„Ich denke nix“, antwortete Jan leise.
Die Klasse lachte.
„Dann denk doch mal über die Lösung nach. Aber Achtung“, sie guckte schelmisch, „da ist eine Falle in der Aufgabe.“ Die Kinder in der Klasse lachten wieder.
Jan wusste, er musste etwas sagen, es durfte aber keine Antwort auf ihre Frage sein, weil er mit der Aufgabe nichts anfangen konnte. Irgendwas mit Fahrradfahren und Rebecca und ihrer Mutter. Vielleicht konnte er Frau Mittermann ablenken und sie vergaß die Aufgabe. Jan war verzweifelt.

„Also, Jan?“
„Wissen Sie, Frau Mittermann, Rebecca kann schon alleine nach Hause gehen. Ihre Mutter hat auch gar keine Zeit, sie abzuholen. Sie kocht gerade. Spaghetti ... Und ihr Fahrrad hat einen Platten, fällt mir ein. Blöde Sache. Wahrscheinlich ist ein Loch im Schlauch. Oder das Ventil ist undicht ...“
„Nun lenk nicht ab, Jan, und sag uns die Lösung“, unterbrach ihn Frau Mittermann.
Jan nahm einen eigentümlichen Ausdruck in ihrem Gesicht wahr, den er nicht deuten konnte. Sie schaute recht freundlich, was sehr ungewöhnlich war, weil sie ansonsten sehr böse werden konnte, wenn man in ihrem Unterricht nicht aufpasste.

„Ach, Frau Mittermann, da fällt mir ein, Rebeccas Mutter kann ja das Fahrrad von ihrem Mann nehmen, obwohl da der Sitz so hoch ist. Und wahrscheinlich ist sie total genervt, wenn sie endlich auf Rebecca trifft. Denn in dem Moment fällt ihr ein, dass ihr gerade zu Hause die Spaghetti im Topf festbacken …"

Jan verstummte, weil die Klasse laut lachte und schaute Frau Mittermann an. Ihr Gesichtsausdruck war nun nicht mehr ganz so freundlich.

„Also, Jan, ich weiß nicht, was ich von dir halten soll, aber …"

In diesem Moment klingelte es. Alle sprangen von ihren Plätzen auf und stürzten zur Türe. Jan wusste, er hatte Glück gehabt. Aber das Glück würde nur bis zur nächsten Mathestunde dauern und dann musste er eine bessere Antwort haben als heute …

Auf dem Flur ging plötzlich Rebecca neben ihm. Er schaute sie an. Ihre blonden langen Haare leuchteten wie ein helles Licht.

„Wenn man versucht, witziger zu sein als Frau Mittermann, macht man sie sich aber nicht zur Freundin", sagte sie und grinste.

Am liebsten hätte er gefragt:

„Was muss man denn machen, um dich zur Freundin zu haben?" Aber das traute er sich natürlich nicht. Er seufzte. „Frau Mittermann und witzig? Gibt es was Langweiligeres als Mathe bei ihr?"
„Lass mich überlegen ... Vielleicht Zimmer aufräumen? Mit Oma und Opa einen Sonntagsspaziergang machen? Auf meinen kleinen Bruder aufpassen? Nein, Mathe bei Frau Mittermann ist noch langweiliger!" Sie lachte laut und herzlich. Rebecca war eine der Besten in Mathe. Und ihr war sicher bei Frau Mittermann schon deshalb langweilig, weil sie immer alles als Erste kapierte.
„Was war das bloß für eine irrwitzige Aufgabe?", murmelte Jan vor sich hin.
„Das war doch eine Scherzaufgabe, Jan!" Sie lachte wieder laut. „Frau Mittermann wollte ausnahmsweise mal ein bisschen witzig sein ..."
Jan schaute sie an. Er würde am liebsten ewig neben ihr hergehen. Und mit ihr reden. Was konnte er alles sagen: „Soll ich dir mein Geheimversteck im Wald zeigen? Willst du eine Melodie auf meiner Flöte hören, die ich mir für dich ausgedacht habe? Soll ich eine Geschichte erfinden, in der wir Helden sind? ..." Doch er sagte gar nichts. Dann hatten sie die Glastür zum Schulhof erreicht und zwei von Rebeccas Freundinnen traten auf sie zu. Rebecca blieb mit den Mädchen unter dem Pausendach stehen, lächelte ihn noch einmal an und hob ein wenig die Hand. Es sah aus, als wollte sie winken und keiner sollte es sehen.

Jan schlurfte mit seiner Schultasche auf dem Rücken über den Hof auf das Schultor zu.
Einige der Jungs aus seiner Klasse spielten Fußball.
„Hey Jan!", rief Marvin. „Machst du mit? Wir können noch einen Torpfosten brauchen."
Die anderen Jungs lachten laut. Jan schaute sich um und sah, dass Rebecca und ein paar andere Mädchen aus seiner Klasse immer noch unter dem Pausendach standen. Sie schauten herüber und kicherten über Marvins Bemerkung. Alle, außer Rebecca.

Jan hatte selten Lust, Fußball zu spielen. Er konnte ziemlich schnell laufen und im Sportunterricht war er einer der wenigen, die einen Salto schafften. Doch leider konnte er nicht sehr gut mit dem Ball umgehen.
Aber für die meisten Jungen zählte nur, ob man gut Fußball spielen konnte. Blöde Bemerkungen, wie die gerade von Marvin, hatte er schon das ein oder andere Mal gehört und sie machten ihm fast nichts mehr aus. Aber jetzt schon. Wegen Rebecca.
Marvin hatte mit Abstand die größte Klappe in der Klasse. Er spielte gut Fußball. Daher war er bei den meisten Jungen sehr beliebt und auch bei einigen Mädchen. Besonders bei denen, die aussehen wollten wie die bei „Deutschland sucht das Supermodel".

„Ach, Marvin, deine Mannschaft kann nicht verlieren, wenn du im Tor stehst. Der Ball kriegt einen Schrecken, wenn er auf dich zufliegt, und dreht um“, gab Jan zurück. Nun lachten auch wieder alle. Jan wollte hinüber zu Rebecca schauen, aber Marvin hatte das Fußballfeld verlassen und kam direkt auf ihn zu.

Jetzt gab es Ärger. Jan hatte den dringenden Wunsch wegzulaufen. Er wollte sich nicht prügeln. Sein Herz schlug heftig.

Marvin stellte sich ganz nah vor ihn und zischte: „Du hast ein großes Maul, Jan!“

„Das stimmt“, dachte Jan, sagte dann aber laut: „Und du stinkst aus deinem Maul, Marvin. Bitte geh einen Schritt zurück, sonst falle ich in Ohnmacht.“

Statt einer Erwiderung schnellten Marvins Arme nach vorne und Jan landete auf dem Rücken. Marvin stand über ihm und grinste. „Zieh Leine, Jan, bevor ich sauer werde!“

Jan stand langsam auf und schaute kurz hinüber zum Pausendach. Aber Rebecca und die anderen Mädchen waren nicht mehr da.
Jan wusste, es war schlauer, die Klappe zu halten und einfach zu gehen. Stattdessen sagte er: „Und wenn du sauer bist, stinkst du sicher auch noch sauer aus dem Maul, was!"
Marvins Faust landete auf Jans Nase.
Jan taumelte einen Schritt zurück. Marvin schaute sich kurz zu den anderen Jungs um und rief: „Ben! Hanno! Los, kommt mal her und haltet ihn fest!" Dann wandte er sich wieder Jan zu und zischte: „Jetzt kannst du was erleben!"
Aber Jan wollte nichts erleben. Er drehte sich blitzschnell um und rannte, so schnell er konnte, davon. Hinter sich hörte er die schnellen Schritte von Marvin und seinen Freunden. Jans Herz schlug trommelnd in seiner Brust. Er lief und lief. Und er hoffte, er war schnell genug.

4. Kapitel

Kuno wird zum ersten Mal gerettet

Kuno war allerbester Laune. Er freute sich, dass er dem Koboldgarten entronnen war. Allerdings würde es bald dämmern und er musste sich ein Nachtlager suchen. In der Ferne erblickte er eine Gebirgskette. Dort gab es sicher eine gemütliche Höhle.

Er wanderte einen Pfad entlang, als er zarte Gesänge vernahm. Die Stimmen schienen zu zittern beim Singen. Er lauschte:

Elfennacht, wir wachen hier
über Blumen, Pflanzen, Baum und Tier
Elfennacht, wir wachen auch
übers Zauberreich nach altem Brauch

Kuno schaute in die Richtung, aus der er die Gesänge hörte, und erblickte seitlich des Pfades Zitterelfen tanzend und singend auf einer Lichtung. Sie waren sehr klein, wie die meisten Wesen des Zauberwaldes, und schienen von innen heraus zu leuchten. Sie hatten dünne Ärmchen und Beinchen, die sie beim Tanzen hin und her und auf und ab bewegten. In ihr langes blondes Haar hatten sie kranke Blumen gebunden. Man erzählte sich, dass sie im Haar der Elfen wieder zu

Kräften kamen. Dann suchten die Elfen für die Blumen einen neuen Ort, an dem sie wieder wachsen und gedeihen konnten. Zitterelfen waren völlig ungefährlich. Kuno näherte sich ihnen.

„Na, ihr Bibbertanten, was singt ihr denn da?"

Die Elfen unterbrachen ihren Gesang und betrachteten den unerwarteten Besucher neugierig.

„Kuno, sollen wir lieber flüchten? Es wird erzählt, man ist in deiner Nähe in Gefahr, denn du ziehst das Unglück an und bist auch mit zwei Schutzengeln nicht mehr zu retten."

„Wer erzählt das?"

Die Zitterelfen lachten, dass es sich anhörte wie ein Zittergewitter. „Na, alle erzählen es sich. Und weißt du, was man sich neuerdings auch noch erzählt? Dass du aus der Engelsburg geflüchtet bist, um nicht im Koboldgarten lernen zu müssen."

„Ich passe jetzt selbst auf mich auf!", verkündete Kuno stolz und reckte seine Brust nach vorne.

Die Zitterelfen lachten noch ausgelassener.

Was sollte er sich lange mit ihnen aufhalten? „Habt ihr eine Ahnung, wo ich übernachten kann? Ich bin jetzt schon müde und suche einen Schlafplatz für die kommende Nacht."

Eine kleine Zitterelfe mit Orchideen im Haar antwortete ihm: „In den Bergen gibt es genug Höhlen. Bis dahin schaffst du es sicher noch. Aber bitte achte

darauf, dass sie unbewohnt ist. Und schlafe nicht versehentlich in der Höhle eines Bergzauberers, der dich im Schlaf in ein kleines Krabbeltier verwandelt."
„Vielleicht landet er aber auch beim Drachen Feridun. Dann hat er sich die blöde Herumkrabbelei als Insekt erspart und wird gleich gegrillt", lachte zitternd eine andere kleine Elfe, auf deren Kopf Efeu wuchs.
„Schon gut, ihr Bibberhühner, ich kann mir selbst Angst machen, wenn ich will. Ich muss weiter."

Er marschierte auf die Berge zu. Kuno ärgerte sich über die Zitterelfen, weil sie sich über ihn lustig gemacht hatten. Aber er durfte ihnen nicht böse sein. Sie plapperten doch nur nach, was sich der ganze Zauberwald erzählte: Er, Kuno, der Kobold, war ein kleiner Trottel, der in jede Gefahr schlitterte und den die Schutzengel aufgegeben hatten.
Aber er würde ihnen allen beweisen, dass er auf sich alleine aufpassen konnte!

Als er den Bergen näherkam, verdüsterte es sich plötzlich ringsum. Kuno staunte. Es konnte unmöglich schon Abend sein. Das war auch eher wie ein dunkler Nebel. Dahinter konnte er schwach die Sonne scheinen sehen. Dunkler Nebel?
Schwarzer Nebel!

Kuno gefror das Koboldblut. Im schwarzen Nebel lebten die Dunkelelfen. „Bloß weg!“, dachte der Kobold. Doch wohin? Die Bäume rings um ihn herum waren nur noch als Schemen zu erkennen. Jeden Moment konnten die Dunkelelfen ihn entdecken. Er würde in einem Bergwerk enden, wo er mit gefangenen Zitterelfen den Rest seines Koboldlebens für die Dunkelelfen arbeiten musste.

Plötzlich packte ihn etwas. Kuno wollte aufschreien, doch im gleichen Moment hielt ihm ein dicker Ast den Mund zu. Was war das? Sicher keine Dunkelelfe. Immer mehr Äste umschlangen ihn. Dann hörte er eine leise tiefe Stimme: „Du bist ein Trottel, Kuno. Willst du von den Dunkelelfen gefangen werden?“

Kuno versuchte, hinter sich zu blicken, um zu erkennen, wer da sprach. Aber er konnte sich kaum rühren.

„Wer bist du?“, flüsterte Kuno, nachdem sich der Ast um seinen Mund gelockert hatte.

„Ein Baumtroll“, kam die Antwort. Kuno war erleichtert. Baumtrolle waren sehr friedliche Zauberwesen. Sie sahen aus wie Bäume, hatten Wurzeln wie diese und konnten sich nicht von der

Stelle bewegen. „Halt die Klappe, Kobold! Vielleicht entdecken dich die Elfen nicht. Besser für deine Gesundheit.“ Der Baumtroll lachte ein leises, grollendes Lachen.

Und dann kamen sie. Sie waren überall, klein und dunkel, die Luft schwirrte, ihre hauchdünnen, kleinen Flügel schimmerten wie schwarze Seidentücher und ihre Stimmen klangen wie aneinanderschlagende Steine. Dennoch verstand Kuno jedes ihrer Worte.

„Fürst Feridun Flint von Funkenflug ist schrecklich schlechter Laune“, stöhnte klackernd eine Dunkelelfe.

„Sehr, sehr schlechter Laune!“, pflichtete eine andere bei. Sie redeten über jenen Drachen, den Kuno noch vor Kurzem unter dem Bauch gekitzelt hatte.

„Ich sah das Böse in seinen Augen“, sprach die erste Elfe wieder. „Es kann sich schon bald auch gegen uns richten, wenn uns nichts einfällt!“

Nun redeten für einen Moment alle durcheinander, was sich anhörte, als sei eine Steinlawine ins Rutschen gekommen.

Die Elfe verschaffte sich Gehör und fuhr fort: „Wir müssen ihn besänftigen! Er soll uns für seine Freunde halten. Wir wollen ihm anbieten, mit ihm gemeinsam die Dunkle Seite des Zauberreiches zu regieren. Und am Ende werden wir ihn entmachten und selbst die Herrschaft übernehmen.“

Wieder das Geräusch einer Steinlawine.

„Aber wie?“, fragte eine Dunkelelfe, die etwas im Abseits flatterte.
„Das überlegen wir später. Erst einmal brauchen wir ein Geschenk, damit er uns wohlgesonnen ist.“
Zustimmendes Steineklackern.
„Was sollen wir ihm schenken?“
„Etwas Glitzerndes, Leuchtendes, das liebt er doch.“
„Davon hat er genug. Täglich finden die gefangenen Zitterelfen neue Glitzereien für ihn. Es muss schon etwas Besonderes sein. Etwas, das er nicht alle Tage erhält.“
Das zustimmende Steineklackern verstärkte sich.
„Ich habe eine Idee!“, kreischte eine Dunkelelfe, ganz nahe neben Kuno. „Es ist nicht einfach zu bekommen. Aber es gibt nichts, wonach sich der Drache mehr sehnt.“ Die Elfe machte eine Pause und alle schauten sie erwartungsvoll an, auch Kuno. Dann sprach sie weiter: „Ein blondes Menschenmädchen.“
Stille im Wald. Kuno versuchte, geräuschlos einzuatmen. Unter den Dunkelelfen brach Jubel aus.
„Auf geht's!“ Klackernd schwebten die Dunkelelfen davon.

„Du kannst mich jetzt loslassen“, sagte Kuno. Im gleichen Moment lockerten sich die Zweige.
„Du solltest ein bisschen besser auf dich aufpassen“, brummte der Baumtroll. „Du brauchst ganz sicher einen Schutzengel, Kuno, dringend!“

„Blödes Thema! Aber vielen Dank, dass du mir geholfen hast!"

Langsam stapfte Kuno weiter und dachte darüber nach, was er gerade erfahren hatte. Fürst Feridun und die Dunkelelfen waren Wesen des Zauberreiches, denen man lieber nicht begegnete. Aber wie wollten die Dunkelelfen an ein Menschenmädchen kommen? Dazu mussten sie in die Menschenwelt. Wo war die überhaupt?

Obwohl der schwarze Nebel der Elfen weitergezogen war, blieb ein Hauch von seiner Dunkelheit zurück. Die Zauberwelt bereitete sich auf die Nacht vor. Und Kuno hatte noch immer keinen Schlafplatz. Er befürchtete, sich zu verirren, wenn die Dämmerung fortschritt.

Nach einer Weile des Wanderns war sich der Kobold sicher, in diesem Teil des Zauberreiches noch nie gewesen zu sein. Das Gras roch fremdartig, die Bäume sahen anders aus und ihre Blätter hatten unbekannte Formen.
Dann vernahm er Klänge, die er noch nie zuvor gehört hatte. Sie erinnerten ihn ein kleines bisschen an den Gesang der Zitterelfen. Aber es war keine Stimme. Kuno wurde neugierig. Er musste herausfinden, woher die Töne kamen, und eilte in die Richtung.

Nach wenigen Schritten brüllte ihn jemand aus einer Baumkrone an: „Zisch ab, Kobold! Du hast hier nichts zu suchen. Kehr um!"
Kuno schaute hinauf in den Baumwipfel und entdeckte einen Baumgeist. Baumgeister lebten am Rande des Zauberreiches in den Baumkronen und passten auf, dass kein Zauberwesen die magische Welt verließ.
„Was sind das für Töne?", fragte Kuno zurück.
„Was geht dich das an? Kehr um, hast du gehört?"
„Aber diese Töne!"
Statt einer weiteren Entgegnung schoss ein Lichtstrahl vom Baum und erhitzte den Boden genau unter Kunos Füßen. Der kleine Kobold sprang mit heißen Fußsohlen zur Seite und rannte quer durch das Dickicht. Er wollte kein zweites Mal von dem Baumgeist gewarnt werden.
Er rannte und rannte. Sah kaum, wohin er seine Füße setzte. Das war ein Fehler! Im nächsten Moment umklammerte etwas sein rechtes Koboldbeinchen. Kuno stürzte, versuchte sich aufzurichten, doch sein Bein ließ sich nicht lösen. Er schaute an sich herab und wollte kaum wahrhaben, was er erkannte: eine fleischfressende Schlingpflanze! Schon beugte sich der große rote Kelch zu ihm hin und schien zu grinsen. Das Auf-und-zu-Klappen der Blütenblätter klang wie Schmatzen.
Kuno schrie aus vollem Hals.

5. Kapitel

Jan verläuft sich und Kuno wird zum zweiten Mal gerettet

Jan konnte sich nicht erinnern, je zuvor so lange und gleichzeitig so schnell gelaufen zu sein. Wahrscheinlich war das der Grund, warum ihn Marvin und seine Freunde noch nicht eingeholt hatten. Obwohl sie jeden Tag Fußball spielten und das Laufen gewohnt waren. Marvin war ganz sicher stinksauer. Und Jan wollte dessen Wut auf keinen Fall zu spüren bekommen. Das verlieh ihm zusätzliche Kräfte.

Er lief nun schon geraume Zeit durch den Wald. Den kannte Jan gut, weil er hier manche Nachmittage verbrachte, wenn er allein sein wollte. Er hatte sich vor einiger Zeit ein Geheimversteck eingerichtet. Es bestand aus einer Mulde hinter einem Felsvorsprung, die er mit einem alten verdorrten Busch getarnt hatte. Dort saß er dann, spielte Blockflöte oder tat einfach gar nichts. Oder er träumte von erfundenen Abenteuern mit Rebecca.
In dieser Mulde hatte Jan sich eigentlich auch verstecken wollen, aber als er in die Nähe kam, waren ihm seine Verfolger noch zu dicht auf den Fersen gewesen.

Inzwischen brannte jeder Atemzug wie offenes Feuer in seiner Lunge. Vor wenigen Minuten hatten endlich die

Seitenstiche wieder aufgehört. Lange würde er dennoch nicht mehr laufen können. Und was dann?
Zweimal hatte sich Jan getraut, zurückzublicken, obwohl es Zeit und Kraft kostete, und jedes Mal betrug sein Vorsprung vor Marvin und dessen Freunden weniger als hundert Meter.
Er lauschte wieder einmal auf Schritte hinter ihm, ohne sein Tempo zu verlangsamen, und wagte dann einen Blick zurück. Seine Verfolger waren nicht mehr zu sehen. Zur Sicherheit lief Jan dennoch im gleichen Tempo weiter. Aber als er begriff, dass er nicht mehr fliehen musste, wich im selben Augenblick jegliche Kraft aus seinem Körper. Ihm war schlecht vor Erschöpfung. Jan schleppte sich zu einem alten, umgestürzten Baumstamm und legte sich so darauf, dass er jederzeit bemerken würde, wenn sich seine Verfolger wieder näherten.
Doch sie kamen nicht. Wenigstens für heute hatte er Ruhe vor ihnen.

Nachdem Jan ein bisschen zu Atem gekommen war, schaute er sich um. Diese Gegend kannte er nicht. Er fand, dass es hier merkwürdig aussah. Die Blätter an den Bäumen schimmerten bläulich. So etwas hatte er noch nie gesehen!
Wie spät mochte es sein? Jan schaute in den Himmel, um zu sehen, wie hoch die Sonne stand. Doch das gleißende, goldgelbe Ding, das er erwartet hatte, war nicht zu sehen. Stattdessen schien die Sonne blauviolett.

„Das muss die Erschöpfung sein", vermutete Jan. „Deshalb sehe ich alles in diesen merkwürdigen Farben." Er kramte nach dem Trinkpäckchen in seiner Schultasche. Sein Durst war unbeschreiblich. Ah, tat der Saft gut! Er hoffte, vielleicht noch etwas zu essen zu finden. Nein, nichts mehr da. Jans Blick fiel auf die Flöte in der Tasche. Er nahm sie immer mit in die Schule, weil er manchmal die freie Zeit nutzte, um darauf zu spielen. Natürlich hatten sich einige in der Klasse zuerst darüber lustig gemacht, besonders Marvin und seine Freunde: Ein Junge, der Blockflöte spielt. Aber irgendwann hatten sie es aufgegeben, weil Jan sich nicht einschüchtern ließ. Er machte für sein Leben gern Musik. Vielleicht wäre E-Gitarre oder Schlagzeug cooler gewesen, aber er hatte sich nun mal für die Blockflöte begeistert. Es war ein Vorteil, dass sie in die Schultasche passte. Wenn ihm etwas Neues einfiel, konnte er es oft sofort auf dem Instrument ausprobieren.
Jan drehte sich auf den Rücken und spielte einige Melodien, die er in letzter Zeit erfunden hatte. Eine bestimmte Folge von Tönen mochte er besonders gern. Er wurde nicht müde, sie zu wiederholen. Dabei dachte er an Rebecca. Die Melodie hatte er sich für sie ausgedacht. Er stellte sich vor, wie er vor ihr stand, sie hörte aufmerksam zu und schaute ihn dabei mit ihren großen Augen an. „Was für ein schöner Traum", dachte Jan und spielte die Melodie ein weiteres Mal von vorne, während er aufstand und einfach weiterging.

Da war ein Geräusch. Leise. Wie Schreie in der Ferne. Jan hörte auf zu spielen und lauschte. Tatsächlich. Es klang wie ein kleines Kind. Was machte ein kleines Kind hier in diesem abgelegenen Teil des Waldes? Vielleicht war es in großer Gefahr. Mit der Flöte in der Hand lief er los, in die Richtung, aus der er die Schreie gehört hatte.

Er stieß auf einen schmalen Trampelpfad, der nach wenigen Schritten in eine kleine Lichtung mündete. Was er dort sah, ließ ihn vermuten, dass er doch eben beim Laufen in Ohnmacht gefallen war und nun Fieberfantasien hatte.

Vor ihm saß ein kleiner, bläulich und bräunlich schimmernder Zwerg vor einer seltsamen Pflanze, deren Blütenstängel sich um eines seiner Beinchen gewunden hatte. Die Blüte selbst sah aus wie ein großes, gefräßiges Maul. Und wenn Jan nicht gewusst hätte, dass Blumen nicht grinsen oder schmatzen können, hätte er geschworen, dass die Blüte genau das tat.

„Hey, Riese! Schnell! Hilf mir! Die Blume will mich fressen!“, schrie der Zwerg.
Mit *Riese* war Jan gemeint. Wie sollte er helfen? Wie befreite man Zwerge aus den Klauen einer gefräßigen Pflanze? So was lernte man leider nicht in der Schule.
„Bist du schwerhörig, Riese? Beeil dich!“
Jan trat vorsichtig näher. Die Blüte wandte sich in seine Richtung und schien ihn zu begutachten. Vielleicht mochte die Pflanze auch Menschen? Jan wurde es mulmig. Er hielt ein paar Schritte Abstand. Unsicher fragte er: „Was soll ich denn tun?“
„Was soll ich denn tun? Was soll ich denn tun?“, äffte ihn der Zwerg nach. „Irgendwas! Aber schnell! Ich will nicht sterben! Vielleicht kannst du was mit deinem Zauberstab da tun!“ Der Zwerg wies auf die Flöte in seiner Hand.
„Das ist kein Zauberstab, sondern eine Blockflöte!“
„Dann hau mit der Brockfröte auf die Blüte. Bis sie sich nicht mehr bewegt!“
„Bist du verrückt? Sie könnte kaputtgehen. Ich kann Musik damit machen.“
„Musik?“
„Ja, siehst du, so!“ Jan spielte die kleine Melodie an, die er sich für Rebecca ausgedacht hatte. Die Wirkung war erstaunlich. Die Blüte hörte augenblicklich auf zu schmatzen und wandte sich

der Flöte zu. Dabei formte sie die Blütenblätter zu etwas, das aussah wie Lippen, und bewegte den Blütenstängel dabei langsam zur Musik hin und her.
Dazu musste sie den Griff um das Bein des Zwerges lockern. Als dieser das merkte, sprang er auf und brachte sich mit einem Sprung aus der Reichweite der Pflanze.

„Doch ein Zauberstab“, sagte der Zwerg und kam vorsichtig auf Jan zu, um die Flöte zu begutachten.
Jan hörte auf zu spielen und im gleichen Moment bekam die Blüte wieder diesen gierigen Ausdruck. Oder war sie enttäuscht, weil ihr der Zwerg entwischt war?
„Vielen Dank, dass du mir das Leben gerettet hast!“ Der Zwerg seufzte. „Du bist heute der zweite.“
„Der zweite was?“
„Der zweite Lebensretter. Der Baumtroll hat mich heute schon vor den Dunkelelfen gerettet.“
„Was für ein Baumtroll? Welche Dunkelelfen?“, fragte Jan.
„Kannst du nur Fragen stellen oder auch was eigenes sagen?“
„Wer bist du?“, fragte Jan.
„Schon wieder eine Frage. Na schön. Ich heiße Kuno. Ich bin ein Kobold. Und wie heißt du, Riese?“
„Ich heiße Jan und bin kein Riese.“
„Sondern? Troll? Gnom? Zauberer? Ja, Zauberer, wegen

deines Zauberstabs, der fleischfressende Pflanzen zum Tanzen bringt."
„Weder noch, ich bin ein Mensch."
Dieses Gespräch war verrückt und dieser Fiebertraum war ein Hammer, dachte Jan. So etwas entstand, wenn man zu wenig trank. Wahnsinn!
Der Zwerg riss ihn aus seinen Gedanken: „Du bist ein Mensch? Toll! Du bist der erste Mensch, den ich kennenlerne. Heute passiert ganz schön viel …"
Jan musste lachen. „Du brauchst einen Schutzengel, Kuno!"
„Blödes Thema! Wie bist du eigentlich hier in die Zauberwelt gelangt? Haben die Baumgeister nicht versucht, den Boden unter deinen Füßen zu erhitzen?"
„Zauberwelt? Du meinst, ich bin in der Zauberwelt?", fragte Jan und eine unheimliche Erkenntnis stellte sich ein: Das hier war gar kein Traum.
„Ich weiß, du hast sie mit deiner Backflaute müde gemacht und ..."
„Es ist eine Blockflöte …"
„… sag ich ja. Irre! Darf ich auch mal?" Der Zwerg streckte seine kleinen Händchen nach dem Instrument aus.
„Vielleicht ein anderes Mal. Ich bin hundemüde. Ich will nach Hause …" Nach Hause? Aber wo war das nur? Jan schaute den Kobold an. „Wie komme ich denn aus dieser Zauberwelt wieder heraus?"
„Ich fürchte, gar nicht mehr. Dafür sorgen die Baum-

geister. Fragt sich, wieso sie dich hereingelassen haben. Aber probier doch den gleichen Weg zurück." Der Kobold wies auf den schmalen Pfad, der Jan auf die Lichtung geführt hatte.

„War nett, dich kennengelernt zu haben, Kuno. Vielleicht sehen wir uns ja mal wieder." Jan winkte kurz und ging los.

„Warte mal!", hörte er hinter sich den Kobold rufen. „Ich glaube, ich komme mit in die Menschenwelt. Wenn wir überhaupt an den Baumgeistern …"

„Du kannst nicht mit! Ein Kobold hat in der Menschenwelt nichts zu suchen. Das gibt nur unnötige Aufregung …"

„… Sei nicht so ängstlich. Ich kann mich in deiner Hütte verstecken."

„Ich wohne bei meinen Eltern. Wie soll ich denen erklären, dass ich einen Kobold in meinem Zimmer habe?" Doch im gleichen Moment wusste Jan, dass er Kuno mitnehmen würde. Einen Kobold traf man nicht alle Tage. Er musste seinen Eltern nichts von ihm erzählen.

„Na gut, komm mit!" Jan seufzte. „Unterwegs überlegen wir, wie ich dich in mein Zimmer schmuggeln kann. Warum willst du überhaupt in die Menschenwelt?"

„Ich will lernen, auf mich selbst aufzupassen. Meine Schutzengel weigern sich, das zu tun. Vielleicht lerne ich in der Menschenwelt etwas dazu."

„Was könntest du denn da schon lernen?“

In diesem Moment erreichten sie den kleinen Waldsaum, an dem Jan eben die bläulichen Blätter entdeckt hatte.

„Na zum Beispiel, wie du es geschafft hast, nicht von den Baumgeistern angebacken zu werden.“

„Von welchen Baumgeistern redest du dauernd?“

Im selben Moment zischte ein gleißender Hitzestrahl genau vor ihre Füße. „Verschwindet aus dem Grenzgebiet, ihr zwei! Sonst tanzt ihr gleich auf heißem Erdboden!“

„*Diese* Baumgeister!“, erklärte Kuno. „Sie bewachen das Grenzgebiet zwischen Zauberreich und Menschenwelt. Also, wie bist du eben an ihnen vorbeigekommen?“

Jan dachte nach. Aber er wusste es nicht. Er war nur gelaufen, Kunos Schreien gefolgt …

„Hey, Jan, ich glaube, ich weiß es!“ Der Kobold tanzte aufgeregt herum. „Spiel noch mal auf deiner Flockblöde …"

„… Blockflöte …"

„Genau! Los, spiel!"

Jan setzte die Flöte an den Mund und spielte seine Rebecca-Melodie, während sie sich den Bäumen näherten, aus denen die Strahlen gezischt waren. Dort entdeckten sie auf den Ästen die Baumgeister, die sich verzückt zur Melodie der Flöte hin und her wiegten. Ihre Gesichter schauten friedlich. Von ihnen ging keine Gefahr aus.

Und dann waren sie in der Menschenwelt.

„Wahnsinn!", sagte Kuno. Jan dachte das Gleiche.

Hinter ihnen huschten dunkle Elfen in einem schwarzen Nebel durch die Öffnung in die Menschenwelt. Wenn sie dem Menschenjungen folgten, konnte es doch nicht allzu schwer sein, auch bald ein blondes Menschenmädchen zu finden. Unter den Elfen kam eine grimmige Freude auf. Doch von alldem merkten Jan und Kuno nichts.

6. Kapitel

Jan ist verzaubert und ein Kobold ist kein Kuscheltier

Eine Weile trotteten sie nebeneinander her. Wegen Kunos kleinen Beinchen kamen sie nicht sehr schnell voran. Aber das machte nichts. Jan brauchte Zeit, um zu überlegen, wie er den kleinen Kobold in sein Zimmer schmuggeln konnte. Aber Kuno redete ununterbrochen. Er staunte über alles in der Menschenwelt: „Die Blätter an euren Bäumen sind ja grün, ulkig.“, „Was ist das da für ein gelbes helles Ding am Himmel?“, „Wann kann ich endlich auf deiner Bockfete spielen?“, „Kommen da Töne raus, weil du mit deinen Zähnen in ihr Maul beißt?“ Er wartete keine Antworten ab, sondern fragte ständig weiter. Als sie an einer Straße Autos vorbeifahren sahen, überschlug sich Kunos Stimme: „Was sind das für komische Trolle auf runden Beinen?“, „Warum fauchen die so laut?“, „Sind die böse?“

Jan hielt es nicht mehr aus. „Kannst du nicht mal die Klappe halten? Ich muss überlegen, wie ich dich unbemerkt in mein Zimmer bekomme.“

Augenblicklich erstarrte Kuno und kein weiterer Laut wich aus seinem kleinen Mund. Auch Jan blieb stehen und betrachtete den kleinen Kobold. „Er sieht aus wie eine Puppe“, dachte er. Ja, wie eine Puppe, das war die Lösung!

„Hey, Kuno, wie lange kannst du so unbeweglich dastehen und nicht reden?"
Kuno lächelte und sagte: „So lange ich will."
„Prima! Pass auf, Kuno, du bist eine Puppe, die ich im Wald gefunden habe. Du siehst sowieso aus wie ein Spielzeug. Du darfst nicht reden, sobald ein anderer Mensch in der Nähe ist. Und du darfst dich nicht bewegen. Schaffst du das?"
Kuno machte ein Gesicht, als sei er sich nicht sicher, aber dann nickte er.
Als sie in belebtere Gegenden kamen, nahm Jan den kleinen Kobold auf den Arm. Er fühlte sich ganz leicht an.
Schließlich hatten sie Jans Zuhause erreicht und er kramte mit einer Hand in seiner Tasche nach dem Hausschlüssel. Doch die Türe öffnete sich schon und seine Mutter stand mit vorwurfsvollem Blick vor ihm. „Jan, da bist du ja endlich! Wo warst du denn so lange? Weißt du, wie spät es ist? Du hattest doch schon heute Mittag Schule aus. Es ist fast dunkel. Ich habe mir Sorgen gemacht. Das Essen ist auch kalt geworden. Hast du Hunger?" Dann bemerkte sie den Kobold auf Jans Arm. „Was ist denn das für ein hässliches kleines Monster?"
Jan dachte, dass seine Mutter genauso viele Fragen auf einmal stellen konnte wie Kuno.
„Tut mir leid, Mama, ich hatte noch Ärger mit Marvin. Und das", er wies auf Kuno, „ist ein Kobold, den habe ich aus dem Zauberwald mitgebracht."

„Kleiner Spinner!“ Seine Mutter streichelte ihm über den Kopf. „Aber bist du nicht schon ein bisschen alt, um mit Teddybären zu spielen? Hast du etwa dein Taschengeld dafür ausgegeben?“

„Nein, Mama! Ich geh nach oben, ich muss Hausaufgaben machen.“

Nachdem sie in seinem Zimmer waren und Jan hinter ihnen die Türe geschlossen hatte, zischte Kuno: „Ich bin kein hässliches kleines Monster! Ich bin zweimal so groß wie eine Zitterelfe!“
„Reg dich nicht auf, Kuno. Auf Menschen wirkst du nicht gerade wie ein Kuscheltier.“
Kuno schnaufte laut. Dann fragte er: „Wer ist Marvin?“
„Ein Junge in meiner Klasse. Er kann mich nicht leiden und macht immer Stress.“
„Warum?“
„Warum? Weiß ich nicht. Vielleicht, weil ich nicht Fußball spielen kann. Vielleicht, weil er Rebecca nett findet und ich auch.“
„Wer ist Rebecca?“

„Himmel, kannst du viel fragen! Rebecca ist ein Mädchen in meiner Klasse. Sie hat ganz blonde Haare und schöne große Augen und sie ...“

„Du guckst so komisch!“, unterbrach ihn Kuno.

„Komisch?“

„Ja, irgendwie verzaubert.“

„Verzaubert?“ Jan musste lächeln. Das Wort passte gut. „Stimmt! Wenn man verliebt ist, dann fühlt es sich ein bisschen an, als sei man verzaubert, nicht wahr?“

Kuno zuckte mit den Schultern. „Keine Ahnung!“

„Warst du noch nie verliebt?“

„Ich bin noch nicht so weit!“ Kuno schaute sich in Jans Zimmer um. An dem Thema schien er nicht so interessiert zu sein wie Jan.

„Verlieben sich Kobolde denn nicht?“

„Doch, in der Traumfeen-Nacht!“

„Und wie machen sie das? Was ist eine Traumfeen-Nacht?“, fragte Jan.

„Also schön“, seufzte Kuno. „Pass auf! Wenn die Kobolde bereit sind, sich zu verlieben, warten sie auf den Ruf der Zitterelfen zur Traumfeen-Nacht. Dann ziehen alle Kobolde hinaus in den Wald an einen geheimen Platz, zu dem sie die Zitterelfen führen. Dort singen sie die alten Lieder vom Zauber der Liebe. Alle Kobolde tanzen mit geschlossenen Augen dazu, die Koboldmädchen in der Mitte im Kreis und die Koboldjungen um sie herum. Plötzlich stoppt der Gesang und alle Kobolde öffnen die Augen. In den Kobold, den sie dann sehen, verlieben sie sich auf der Stelle.“ Kuno machte eine kleine Pause. „Eines Tages werde ich auch dem Ruf der Zitterelfen folgen und tanzen ...“

„Und wenn das Koboldmädchen nicht zu dir passt? Vielleicht versteht ihr euch gar nicht“, unterbrach ihn Jan.

„Das ist ausgeschlossen“, entgegnete Kuno.

„Wieso?“

„Weiß nicht genau. Ich glaube, es hat mit den Liedern zu tun. Vielleicht liegt es auch daran, dass nach dem Tanz die Traumfeen erscheinen und das Netz der Sehnsucht über alle neuen Paare breiten. Sie bleiben jedenfalls ein ganzes Koboldleben zusammen.“

Jan hatte Kunos Erzählung verzückt zugehört. Er stellte sich vor, zu tanzen, dann die Augen zu öffnen und Rebecca vor sich zu sehen. Und wie gerne würde er einmal eine solche Zaubermelodie auf seiner Blockflöte spielen.

„Woran merkst du denn, dass du bereit bist, dich zu verlieben?“

„Keine Ahnung“, sagte Kuno. „Würde man Gabriel und Messriel fragen, würden sie sagen, es kann noch dauern, bis ich dafür reif genug bin.“

„Wer sind Gabriel und Messriel?“

„Das sind meine Schutzengel. Oder genauer: Sie waren meine Schutzengel. Ich hatte zwei, weil ich ein bisschen tollpatschig bin. Jetzt habe ich gar keinen mehr. Weil ich

versucht habe, Fürst Feridun Flint von Funkenflug unter dem Bauch zu kitzeln …"
„Einen Fürsten?", unterbrach Jan neugierig.
„Er ist ein Drache. Der gefährlichste und böseste Drache im Zauberreich …"
„Und den wolltest du kitzeln?"
Kuno nickte nur.
„Warum?", fragte Jan fassungslos.
„Weil ich wissen wollte, ob er unter dem Bauch kitzlig ist."
Jan schüttelte den Kopf. „Und, ist er kitzlig?"
Kuno grinste und antwortete stolz: „Ja, sehr! Aber man muss schon richtig in seinen Bauch boxen, damit er es spürt. Und wenn er lacht, kommen manchmal aus seinem Maul kleine Feuerstöße! Ungefähr so!" Er fauchte und zappelte dabei mit den kleinen Ärmchen.
„Na prima, du weißt, dass der Drache kitzlig ist und beim Lachen Feuer spuckt. Aber nun hast du keine Schutzengel mehr."
„Das ist nicht schlimm, ich will es alleine schaffen. Ich will lernen, auf mich selbst aufzupassen." Er schaute Jan an. „Meinst du, ich schaffe das?"
Jan dachte an die fleischfressende Pflanze und hatte seine Zweifel. Doch als er in die Augen des kleinen Kobolds blickte, wusste er, was er sagen musste: „Aber sicher wirst du das schaffen!"
Kuno lächelte glücklich.
„Ich will diese Rebecca mal sehen."
„Warum das denn?"

„Weil du so einen komischen Blick bekommen hast.“
„Ich sehe sie morgen früh in der Schule. Aber dahin kann ich dich nicht mitnehmen. Du bist ein Kobold. Es wird einen Aufstand geben. Vielleicht sogar Panik.“ Jan schüttelte heftig den Kopf.
„Was ist das?“, fragte Kuno neugierig.
„Was?“
„Schule. Du hast gesagt, du kannst mich nicht mitnehmen.“
„Als Kind muss man jeden Tag in die Schule, um etwas für das Leben zu lernen, so sagen die Erwachsenen.“
„Ach, du meinst einen Koboldgarten?“
„Was ist das denn wieder?“
„Man lebt im Koboldgarten und lernt dort alles über die Zauberwelt, über Feen, Wichte ...“
„Ach so! Ja, Schule ist dann wohl ganz ähnlich.“
„Und was lernt ihr in der Schule? Vielleicht, wie man auf sich selbst aufpasst?“
„Nein, eher, ob Mütter schneller mit dem Fahrrad in der Schule sind, als Spaghetti im Topf festbacken ...“
„Oh!“, machte der Kobold nur.
Jan ahnte, dass der schon die nächste Frage auf seinen Lippen hatte, deshalb sagte er schnell: „Hör zu, Kuno, ich kann dich nicht mit in die Schule nehmen. Tut mir leid!“ Jan seufzte.
Der Kobold schwieg und schaute traurig drein.
Plötzlich hatte Kuno eine Idee: „Ich mache mich wieder starr. Deine Mutter hat doch auch nichts gemerkt. Ich könnte deine Puppe sein.“

Jan stellte sich vor, wie er mit einer blau schimmernden Puppe in der Klasse erschien. Die Blicke der anderen und ihre hämischen Bemerkungen konnte er sich denken. Vor allem die blöden Witze von Marvin und seinen Freunden. Und was würde Rebecca denken: Jan spielt mit Kuscheltieren.

Andererseits war Kuno aber gar kein Kuscheltier. Musste er sich also dafür schämen? Sicher, nur er wusste, dass es ein Kobold aus dem Zauberreich war. Und das konnte er auf keinen Fall in der Klasse erzählen, denn dann würden sie ihn erst recht für einen Spinner halten. Nein, es war leider ausgeschlossen, Kuno mit in die Schule zu nehmen.

Aber da war noch ein anderer Gedanke, der ihn nicht mehr losließ: Hier vor ihm in seinem Zimmer saß ein seltsames Wesen, das er eben erst im Zauberreich kennengelernt hatte. Das war so unglaublich! Und aufregend!

Was für ein Abenteuer! Und er wollte nichts davon verpassen. Was sollte er in der Schule, wenn er die ganze Zeit nur denken konnte: In meinem Zimmer wartet ein Kobold.

Entschlossen sagte Jan: „Ok, morgen nehme ich dich mit in die Schule.“ Sollten sie doch alle denken, was sie wollten. Aber im nächsten Moment war ihm auch schon wieder mulmig.

7. Kapitel

Schwarzer Nebel auf dem Schulhof

„Du willst dieses komische Ding mit in die Schule nehmen?“ Jans Mutter machte große Augen, als sie ihren Sohn mit dem Kobold im Arm an der Haustüre verabschieden wollte. „Bist du dafür nicht ein bisschen zu alt?“
„Wir brauchen die Puppe … äh … für ein Theaterstück über … äh … eine Zauberwelt, äh … und da brauchen wir diesen Kobold …“
„Theater spielen … Ihr solltet lieber was Richtiges lernen, Mathe zum Beispiel.“
Als Jan nichts sagte, seufzte sie, beugte sich zu ihm hinab und wollte ihm einen Kuss geben. Jan entwand sich. „Mama, bin ich dafür nicht ein bisschen zu alt?“
„Kleiner Spinner!“, sagte seine Mutter nur und lächelte. Jan winkte ihr noch einmal zu und rannte los.

Auf dem Weg zur Schule versuchte Jan, Kuno unter die Jacke zu stecken, damit ihn nicht jeder sofort sah. Aber die Jacke war zu eng. Und früher oder später würde sowieso jeder den Kobold sehen. Also musste er erst gar nicht versuchen, ihn zu verbergen, sondern trug ihn am besten offen auf dem Arm. Für einen Moment bereute er die Entscheidung, den Kobold mit in die Schule zu nehmen. Es würde schrecklich werden, das wusste er. Aber er wollte es aushalten. Die blöden Bemerkungen würden auch wieder nachlassen. Vielleicht fiel ihm noch eine gute Geschichte ein, warum er die seltsam aussehende Puppe mit in die Schule genommen hatte. Schließlich konnte er sich doch auch sonst immer gut Geschichten ausdenken.

Um wenigstens nicht mit der Puppe im Arm über den bevölkerten Schulhof spazieren zu müssen und alle Blicke auf sich zu ziehen, war er heute besonders früh losgegangen. Wenn er Glück hatte, war er einer der Ersten an der Schule.

Doch darauf hatte er vergeblich gehofft. Als er den Schulhof betrat, saßen ausgerechnet schon Marvin und seine Freunde Ben und Hanno auf ihren Schultaschen unter dem Pausendach.

Ben sah ihn zuerst. „Ey, ich glaub's nicht!", sagte er und zeigte zu Jan hinüber, der am Schultor stehengeblieben war. „Dreht der jetzt ganz durch?", fragte Marvin und stand auch schon auf. Die anderen folgten ihm. Sie versperrten Jan den Weg.

„Hallo Jan", sagte Marvin. „Darf ich mal deinen Kuschelbären streicheln?" Er trat einen Schritt näher und bekam große Augen. „Au Backe, ist der hässlich!"

„Ist der aus Gummi oder was ist das?", fragte Hanno und verzog sein Gesicht. Vorsichtig streckte er die Hand nach dem Kobold aus.

„Nicht anfassen!", warnte Jan und wich einen Schritt zurück.

„Toll, wie du dein kleines Monsterbärchen beschützt!"
„Dann hätten wir jetzt zwei Torpfosten", warf Hanno ein, „die Puppe ist der linke Pfosten, Jan der rechte."
„Dann kann Jan das Tierchen aber nicht mehr lieb halten", warf Ben ein.
Marvin schaute Jan an und sagte: „Du warst ja ganz schön flink gestern, Hasenfuß. Aber mit der richtigen Panik im Hintern kann man einfach schneller laufen."
Jan reagierte nicht darauf. Er hatte gar nicht bedacht, dass Marvin und seine Freunde noch sauer sein könnten wegen der Aktion am Vortag. Marvin stieß mit seinem Finger fest in Jans Brust. Der wich ein paar Schritte zurück. Marvin kam ihm immer näher.
„Du bist ein Feigling, Jan. Und jetzt gibt's ein paar auf die Schnauze. Für deine frechen Bemerkungen gestern."
Marvin hatte Jan bis an den Zaun neben dem Schultor gedrängt. Ben und Hanno waren ein paar Schritte zurückgeblieben. So konnten sie nicht sehen, wie sich Kuno in Jans Arm nach vorne beugte, Marvin anfunkelte und leise zischte: „Hey, du Waldschrat! Halt mal die Luft an, sonst mach ich aus dir Futter für die Werwölfe! Und übrigens: Ich bin nicht hässlich!" Marvin riss die Augen auf und glotzte den Kobold an, der schon wieder wie eine Puppe starr in Jans Arm lag.
„Was war denn …", stammelte Marvin, da erschien Rebecca. Ihre Mutter brachte sie manchmal morgens mit dem Auto zur Schule, bevor sie zu ihrer Arbeit fuhr. Dann war Rebecca auch schon früh auf dem Schulhof.

„Guten Morgen, Jungs!“ Und mit einem Blick auf Marvins entsetztes Gesicht: „Hier ist aber eine schlechte Stimmung.“ Sie bemerkte den Kobold. „Wen hast du denn da mitgebracht?“ Bevor Jan es verhindern konnte, hatte sie Kuno schon an der Wange gestreichelt. „Na ja, kuschelig ist was anderes, hm? Aber wieso ist der so warm?“ Sie schaute Jan an, dann lachte sie: „Man könnte meinen, der ist lebendig.“

„Vielleicht ist er das ja auch“, nuschelte Marvin, noch mit einem leichten Zittern in der Stimme. „Hier ist was komisch.“ Dann trat er ein paar Schritte zurück zu seinen Freunden und flüsterte aufgeregt mit ihnen.

„Woher hast du den?“, fragte Rebecca Jan.

Jan entschied sich für die Wahrheit, das hatte bei seiner Mutter auch am besten geklappt und keine weiteren Fragen zur Folge gehabt.

„Den habe ich im Zauberreich aus den Armen einer fleischfressenden Pflanze gerettet und mitgenommen.“

Rebecca lachte laut. Sie hatte so ein glockenhelles Lachen. „Hell wie ihre Haare“, dachte Jan.

„Woher nimmst du nur immer deine verrückten Ideen?“

Jan zuckte mit den Schultern, schaute sie an und lächelte.

„Du solltest Geschichtenerfinder werden“, meinte Rebecca.

„Gute Idee! Besser als Mathelehrer.“

„So, und jetzt mal ohne Quatsch: Was ist das da auf deinem Arm? Meinst du, ich würde glauben, du nimmst ein Kuscheltier mit in die Schule?“

Jan zuckte zusammen. Rebecca ahnte, dass hinter der Puppe mehr steckte, als sich Marvin und seine Freunde vorstellen konnten. Warum sollte er ihr das Geheimnis nicht anvertrauen? Ein Geheimnis, das er nur mit ihr teilte, war ein aufregender Gedanke.

„Du hast Recht! Das ist kein Kuscheltier. Es ist ein …"

Plötzlich wurde es um sie herum dunkel. Jan schaute erstaunt auf. Kuno schreckte aus seiner Starre und schrie: „Der Schwarze Nebel! Die Dunkelelfen!"

Rebecca starrte abwechselnd auf den Kobold und in den Himmel. „Was …?", fragte sie, konnte vor Angst aber nicht weitersprechen.

Und dann sahen sie die Zauberwesen in einem Schwarm über den Schulhof auf sich zuschweben. Es mussten Hunderte sein, die dort über ihnen kreisten, wie ein Bienenschwarm, aber völlig geräuschlos. Das war das Unheimliche. Es war absolut still. Alle waren vor Angst erstarrt, auch Marvin und seine Freunde, die einzigen weiteren Zeugen des unheimlichen Schauspiels. Sie alle schauten entsetzt nach oben. Langsam senkte sich die Wolke. Nun waren sie inmitten dieses Nebels, einem gigantischen Schwarm von schwarzen Elfen. Mit Schrecken begriff Jan plötzlich, dass die Zauberwesen es auf Rebecca abgesehen hatten. Die Wolke verdichtete sich um sie herum und dann beobachtete er, wie Rebecca

vom Boden abhob, getragen von den Dunkelelfen. Nur Momente später lichtete sich der schwarze Nebel.

Jan fand seine Stimme wieder. Er schrie: „Rebecca! Hast du das gesehen, Kuno? Rebecca ist weggeflogen! Was war das?“

„Sie ist entführt worden“, erklärte Kuno, „von den Dunkelelfen. Sie wollen ein blondes Menschenmädchen, um es dem Fürsten Feridun Flint von Funkenflug zum Geschenk zu machen.“

„Habt ihr gesehen, was ich gerade gesehen habe?“, fragte Marvin heiser. Hinter ihm standen seine zwei Freunde mit gleichermaßen angstgeweiteten Augen.

„Was waren das denn für Viecher? Fledermäuse?“

„Fledermäuse? Kenne ich nicht! Nein, es waren Dunkelelfen aus dem Zauberwald“, sagte Kuno. Weder Marvin noch seine Freunde wunderten sich mehr, dass das Schmusetier auf Jans Arm sprechen konnte.

„Was will denn dieser Fürst mit Rebecca?“, fragte Jan.

„Er ist ein Drache und liebt blonde Mädchen“, erklärte Kuno.

Jan wusste nicht genau, was es bedeutete, wenn ein Drache ein blondes Mädchen liebte. Aber ihm war klar, er musste Rebecca retten. Sie war in großer Gefahr.

„Was für ein Drache?“, fragte Marvin. Keiner antwortete ihm.

„Los, hinterher!“, entschied Jan. Ohne Marvin und seine Freunde eines weiteren Blickes zu würdigen, packte er den Kobold und setzte ihn huckepack auf die Schultasche

auf seinem Rücken. Dann rannte er eilig vom Schulhof, in die Richtung, in die er gestern auch schon gelaufen war. Denn Jan wusste ja, wo die Zauberwelt lag. Und dorthin würden die Dunkelelfen Rebecca bringen.
Die Schule konnte warten.

Marvin und seine Freunde standen plötzlich wieder allein auf dem Schulhof. Bisher waren noch keine weiteren Kinder eingetroffen. Daher hatte Rebeccas Entführung sonst niemand mitbekommen. Auch für Marvin war klar: Er wollte Rebecca befreien. Aber wer waren die Dunkelelfen, wo war der Drachenfürst, wer war dieses kleine sprechende Monster auf Jans Arm und wo war das Zauberreich? Zumindest die letzte Frage konnte er ansatzweise beantworten: Irgendwo da, wo sie gestern die Spur von Jan verloren hatten, tief im Wald, irgendwo da musste es einen Eingang geben. Er schaute Jan und seinem unheimlichen Begleiter hinterher, die gerade hinter der nächsten Ecke verschwanden.
„Kommt!“, rief er Ben und Hanno zu. Die beiden wechselten Blicke, dann folgten sie Marvin, der schon losgelaufen war.

8. Kapitel

Spielende Wichte, fliegende Fische und ein unheimlicher Gesang

Nach kurzer Zeit erreichte Jan die Stelle, an der er am Vortag bemerkt hatte, dass die Blätter an den Bäumen bläulich schimmerten, und überlegte laut: „Ich glaube, wir sind ganz nah an der Grenze zum Zauberreich."

Kuno meldete sich auf seinem Rücken: „Dann kommen gleich die Baumgeister. Los, hol deine Blökflocke raus!"

„Du meinst die Blockflöte!"

„Was sonst!"

Jan atmete schwer. Nun rannte er schon den zweiten Tag die gleiche Strecke. Und diesmal hatte er nicht nur eine Schultasche auf dem Rücken, sondern auch noch einen Kobold.

„Los, runter mit dir! Ich kann nicht mehr!"

Kuno landete mit einem Sprung auf dem Boden. Jan schleuderte die Schultasche vom Rücken und nahm das Instrument heraus. Nach kurzem Zögern ließ er die Tasche einfach mitten auf der Lichtung liegen. Er musste keine Schulsachen in das Zauberreich schleppen. Der Kobold war mit der Zeit beim Laufen doch schwer geworden. Zumindest schwerer als ein Kuscheltier. Dann begann Jan zu spielen. Schon nach wenigen Tönen waren sie plötzlich von kleinen Wichten umringt, die aus dem umliegenden Gebüsch auf sie zu rannten. Sie bildeten einen Kreis um Kuno und Jan und hüpften ausgelassen zu der Melodie.

Dabei sangen sie: „Tanzt mit uns, *hüpf hüpf*, und singt mit uns, *lala lala* …"

„Ey, ihr Minis, wir haben keine Zeit für so was!", schrie Kuno das kleine Volk an. „Wir verfolgen Dunkelelfen, die ein Menschenmädchen entführt haben. Sie wollen es Fürst Feridun zum Geschenk machen."

Bei dem Namen Feridun wurde es ganz still unter den Wichten. Sie schauten einander an und nickten aufgeregt mit ihren kleinen Köpfen.

„Was ist los? Redet! Wisst ihr etwas darüber?", drängte Kuno.

„Ja, *hu hu,* hier kamen Dunkelelfen, *dunkel dunkel,* vorbei, *husch husch.* Oh, ein Menschenmädchen, *blink blink,* ganz hell, in ihrer Mitte. *Huch huch,* haben wir gedacht …", brabbelte einer der Wichte. Die anderen nickten aufgeregt und brüllten: „*Huch huch, huch huch …*"

„Schon gut!", unterbrach sie Kuno. „In welche Richtung sind sie gelaufen? Was haben sie gesprochen?"

„Kein Wort, *scht scht,* nur, *rausch rausch,* und vorbei, *böse böse …*"

„Wir rauschen auch schnell weiter. Wir müssen

das Menschenmädchen retten“, erklärte Kuno hastig, sprang auf Jans Schulter und wippte hin und her, um ihn zum Weiterlaufen zu bewegen.
„*Oh oh, blink blink,* Menschlein befreien? *Hui hui,* ganz schön mutig! So nah an den Fürsten, *dumm dumm,* denn der macht, *grill grill,* mit euch ...“
„Danke für den Hinweis. Aber das wissen wir schon. Wir passen auf uns auf …“
„Wir wissen einen, *duster duster,* Geheimweg ins Zauberreich, ohne, *zisch zisch,* von Baumgeistern unter, *trapp trapp,* Füßen“, bot ein Wicht an.
„Das ist nett von euch, aber wir haben Jans Flottblöke.“
„Blockflöte!“, berichtigte Jan.
„… sag ich ja. Und die verzaubert die Baumgeister. Bis dann mal.“
Jan lief los und die Wichte winkten ihnen fröhlich hinterher. Kuno drehte sich auf Jans Schultern noch einmal herum und rief: „Ihr solltet auch im Zauberreich bleiben. Die Menschenwelt ist nichts für kleine Wichte!“
„Menschenwelt, Zauberwelt, *ui ui,* hin und her, *lustig lustig!“,* riefen die kleinen Wesen durcheinander, dann verschwanden sie wieder im Gebüsch.
„Freundliches Völkchen, diese Wichte“, erläuterte Kuno. „Tun nix. Können aber auch nix. Außer spielen. Immerhin haben sie die Dunkelelfen mit Rebecca bemerkt. Jetzt mach Musik! Die Baumgeister können nicht mehr weit sein.“
Sie marschierten weiter auf einem schmalen Pfad, der

auf eine Baumgruppe zu führte. Jan setzte die Flöte an die Lippen und blies die Rebecca-Melodie. Wenig später sahen sie die Baumgeister über ihnen auf Ästen sitzen und sich zur Melodie hin und her wiegen. Kuno winkte ihnen zu, aber sie schienen die beiden kaum zu bemerken, so versunken lauschten sie der Musik.

„Wo wohnt denn dieser Drachenfürst?“, fragte Jan, nachdem sie eine Weile durch den Zauberwald gegangen waren.
„Irgendwo hinter den Bergen. Natürlich weiß das keiner so genau. Wer es weiß, der hat nicht lange was davon, dafür sorgt der Fürst persönlich.“
„Aber du musst es wissen. Du hast den Drachen gekitzelt.“
„Das war doch nicht bei ihm zu Hause! Keine Ahnung, wo seine Höhle ist. Aber er verlässt sie ja schon mal, um Glitzerdinge zu sammeln oder Zitterelfen zu fangen.“
„Aber die Dunkelelfen wissen, wo er wohnt?“, fragte Jan.
„Ja, sie stehen mit dem Fürsten im Bunde. Groß kann ihr Vorsprung noch nicht sein. Leider sind sie in der Luft schneller als wir zu Fuß.“
Vor allem waren die Dunkelelfen ganz sicher schneller als der Kobold zu Fuß, dachte Jan, denn mit seinen kleinen Beinchen benötigte er fünf Schritte, wenn Jan einen machte. Also musste er ihn wie bisher auf der

Schulter tragen. Auch wenn er deswegen selbst etwas langsamer laufen musste.

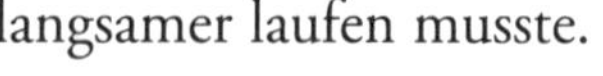

Eine Weile eilte Jan mit dem Kobold so durch den Zauberwald in Richtung Gebirge. Sie trafen auf einen Fluss und gingen am Ufer entlang. Jan staunte nicht schlecht, als er Fische knapp über dem Wasser fliegen sah. Er beobachtete sie und stellte fest, dass sie nie ins Wasser abtauchten.

„Schwimmen die Fische nie *im* Wasser?“, fragte Jan nach einer Weile.

„Im Wasser? Wie kommst du denn darauf?“

„Na, Fische schwimmen eigentlich im Wasser.“

„Was ist das für ein Blödsinn!“ Kuno lachte laut auf. „Da werden ihre Schuppen doch nass und dann können sie nicht mehr fliegen.“

„Na, bei uns“, erklärte Jan, „schwimmen die Fische *im* Wasser …“

„Was für eine verrückte Menschenwelt!“

Der Boden unter ihnen wurde schlammig. Jeder Schritt kostete Kraft, weil Jan mit seinen Füßen immer ein kleines bisschen einsank. Der Fluss verflachte mehr und mehr und ein Ufer war kaum noch zu erkennen. Stattdessen breiteten sich vor ihnen viele kleine Seen und Pfützen aus, dazwischen ab und zu ein karges Gesträuch und vereinzelte knorrige Bäume. Nirgendwo waren Tiere oder Zauberwesen zu sehen. Jan war diese Landschaft unheimlich.

„Wo sind wir hier?", fragte er und seine Stimme klang ganz dumpf.

„Ich schätze, im Moor", mutmaßte Kuno.

„Können wir hier versinken?" Jan schaute misstrauisch auf den Boden, der jetzt bei jedem seiner Schritte schmatzende Geräusche von sich gab.

„Nur, wenn du auf die falsche Stelle trittst."

„Woher weiß ich, was die falsche Stelle ist?"

„Stell nicht so blöde Fragen! Wenn du versinkst, war es die falsche Stelle. Ich bin auch noch nie durch das Moor gegangen. Meine Schutzengel hätten einen Anfall bekommen, wenn ich mich auch nur in die Nähe gewagt hätte."

„Und jetzt?" Jan ergriff leichte Panik. Langsam setzte er Fuß vor Fuß. Jeder Schritt wurde beschwerlich. Manchmal verlor er für einen Moment das Gleichgewicht und stolperte, weil sein Fuß steckengeblieben war. Und das Moor schien endlos.

Kuno schaute sich auf Jans Rücken um. „Ich frage mich, wo die Zitterelfen sind. Es heißt, sie leiten Wanderer mit ihrem Zittergesang durch das Moor."

Dann hörten sie Stimmen. Aber nicht die der Zitterelfen.

„Moor-Nymphen!", stöhnte Kuno.

Die Stimmen klangen zart und hell. Sie legten sich übereinander zu einem Klangteppich, der durch das Moor waberte und alles durchdrang. Jan war auf der Stelle verzaubert. Die Stimmen füllten ihn aus, drangen in seinen Kopf und sein Herz. Er konnte nichts dagegen tun. Er wollte es auch gar nicht, denn die Musik klang zauberhaft schön. Woher kamen diese Stimmen? Er musste sie finden. Dort waren sie, nein dort. Er wechselte die Richtung, so schnell, wie sich seine Füße aus dem Morast lösen ließen. Weit im Hintergrund vernahm er auf seinem Rücken Kunos warnende Stimme, konnte aber keine Worte verstehen. Es war auch bedeutungslos. Diese Stimmen, diese wunderbaren Stimmen, er musste ihnen folgen. Es war wie ein Magnet aus Tönen. Tiefer und tiefer zogen ihn die Stimmen in das Moor. So etwas Schönes hatte er noch nie in seinem Leben gehört. Er wollte versinken in dieser M

u

s

i

k.

Seine Füße ließen sich kaum noch aus dem Morast ziehen. Er musste tief ins Moor vorgedrungen sein. Aber nichts sollte ihn aufhalten. Immer weiter schleppte er sich, weiter, nur weiter …

Dann drangen andere Stimmen an sein Ohr, legten sich gnadenlos über den Nymphen-Gesang. Jan schrie: „Nein! Nein! Hört auf! Ich will wieder die Musik hören!" Doch die neuen Stimmen füllten seine Ohren mehr und mehr. Sie schienen zu zittern. Ein Schleier löste sich von seinen Augen. Wo war er? Er blickte an sich hinab. Oh Schreck! Er stand bis zu den Knien im Morast und konnte sich kaum bewegen. Dann sah er kleine Lichtgestalten. Sie hatten einen dichten Kreis um ihn gebildet und sangen mit zittriger Stimme auf ihn ein. Es schien, als leuchteten sie aus sich selbst heraus. In ihren Haaren wuchsen Blumen.

„Das war aber knapp, ihr Jammerhühner!", hörte er Kuno schimpfen, der immer noch auf Jans Rücken saß.

Jan fühlte sich, als sei er mitten in der Nacht geweckt worden, verschlafen und ohne zu wissen, wo er eigentlich war.
„Diese Stimmen eben …“, stammelte er.
„… gehören den Moor-Nymphen. Sie verführen mit ihrem Gesang die Wanderer im Moor und locken sie damit in ihr Verderben.“
Jan konnte langsam wieder klarer denken. „Und warum haben sie dich nicht verführt?“
„Vielleicht, weil ich mir nicht so viel aus Musik mache. Ich habe dich angebrüllt, du sollst dir die Ohren zuhalten. Aber du hast ja nichts mehr mitbekommen.“ Der Kobold wandte sich wieder an die kleinen Lichtgestalten und sagte vorwurfsvoll: „Unser kleiner Menschenjunge wäre fast den Moor-Nymphen in die schlammigen Tiefen gefolgt.“
„Verzeih uns“, sagte eines der schwebenden Wesen. „Aber wir verfolgten die Dunkelelfen. Sie führen etwas im Schilde. Sie haben ein Menschenkind bei sich. Sehr merkwürdig.“
„Rebecca!“, schrie Jan, nun wieder hellwach. „Das war Rebecca! Geht es ihr gut? Ist sie in Ordnung? Los, redet!“
„Darf ich vorstellen“, sagte Kuno, „das ist Jan. Er kennt das Menschenmädchen. Wir wollen es befreien und wieder zurück in die Menschenwelt bringen. Dazu müssen wir es aber erst finden.“
„Der Fürst wird entzückt sein, wenn er von den

Dunkelelfen so ein besonderes Geschenk erhält. Woher haben sie denn das Menschenmädchen?", fragte eine andere Zitterelfe.
Kuno erzählte die ganze Geschichte der Entführung.
„Das müssen wir der Elfenkönigin berichten", meinte eine kleine Elfe und alle stimmten zu.
„Wir führen euch jetzt aus dem Moor zu unserer Herrscherin. Vielleicht kann sie euch helfen."
Mit einiger Mühe zogen die Zitterelfen Jan aus dem Morast. In einem engen Kreis begleiteten sie ihn und den Kobold aus dem Moor. Aber der Gesang der Moor Nymphen war sowieso nicht mehr zu hören. Sie hatten es aufgegeben, Jan zu verführen, und warteten geduldig auf ihr nächstes Opfer.

Marvin und seine Freunde erreichten eine Lichtung und sahen dort Jans Schultasche liegen. Sie waren also auf dem richtigen Weg. Aber wo war Jan? Wo ging es weiter? Vor sich sahen sie eine Baumgruppe. Doch je näher sie kamen, umso heißer wurde der Boden unter ihnen.
„Wieso ist die Erde hier so heiß? Das ist kaum auszuhalten", stöhnte Ben und bewegte sich, als stapfe er barfuß durch Wüstensand. Widerwillig und ratlos kehrten sie um zur Lichtung. Dort trauten sie ihren Augen nicht. Eine Gruppe von ungefähr zwanzig Wichten sprang kreischend auf die Lichtung und umringte die drei blassen Jungen, die kaum wagten, sich zu bewegen.
„Wir wollen spielen, *ha ha!*", sagte einer der Wichte.

„Spielen? Was denn?“, fragte Marvin, der sofort spürte, dass die Wichte harmlos waren.
„Wenn ihr uns ein Spiel, *ui ui,* beibringt, zeigen wir euch, *schubs schubs,* den Geheimweg, *duster duster,* in das Zauberreich …“
„Wir kennen ein Spiel“, sagte Marvin.
„Willst du ihnen Mensch-ärgere-dich-nicht beibringen?“, fragte Ben.
Marvin tippte nur mit dem Zeigefinger an die Stirn. „Ich kann nur ein Spiel und das spiele ich jeden Tag …“
„Du willst ihnen doch nicht etwa …?“, fragte Hanno und machte große Augen.
„Warum nicht? So kommen wir in das Zauberreich und können vielleicht Rebecca befreien.“

Einige Zeit später verließen Marvin und seine Freunde das Menschenreich auf einem geheimen Weg, den ihnen die Wichte gewiesen hatten. Doch leider war Jans Vorsprung nun noch größer geworden. Marvin mahnte zur Eile.

Endlich, nach einer Weile, entdeckten sie Fußspuren von Jan. Eilig folgten sie ihnen. Wenig später wurde der Boden immer morastiger …

9. Kapitel

Eine hilfsbereite Elfenkönigin und ein Wegweiser am Himmel

Schon bald hatten Jan und Kuno unter Führung der Zitterelfen das Moor verlassen und betraten eine wunderbar duftende Wiese voller blühender Blumen. Eine Zitterelfe bemerkte Jans staunenden Blick und erklärte voller Stolz: „Unser Zuhause. Tief in den Farben und Düften dieser Wiese holen wir uns unsere Kraft zurück, die wir beim Heilen der kranken Blumen verlieren."

Jan versuchte, nicht auf die in allen Farben leuchtenden Blüten zu treten. Aber erstaunt stellte er fest, dass er sie gar nicht wirklich berührte, sondern ganz leicht über die Wiese zu schweben schien, wie die Elfen auch.

Je weiter sie vorankamen, umso größer wurden die Blumen, bis sie Jan überragten und er nun zwischen, statt über ihnen spazierte. Die Blütenstängel wirkten wie ein Urwald.

Die Zitterelfen hielten vor einem großen Schloss, das aus ineinandergeflochtenen Blumenstängeln, Blättern und Blüten gebaut war. Im Eingang stand ein Wesen, das aussah wie die Elfen, nur war es etwas größer. Das Gewand bestand aus Tausenden kleiner Rosenblätter.

„Unsere Königin“, sagte die Elfe, die neben ihm schwebte.
Jan und Kuno grüßten sie höflich.
„Ein Menschenkind ist ein seltener Besuch im Zauberreich. Es bedeutet womöglich Gefahr“, sprach die Königin.
„Die Gefahr geht von den Dunkelelfen aus“, antwortete Kuno. „Sie haben ein Menschenmädchen verschleppt und wollen es dem Drachenfürsten als Geschenk überreichen.“
Eilig ergänzten die Zitterelfen, was sie beobachtet hatten.
„Ja ja, die Dunkelelfen … Einst gehörten sie zu uns, aber sie fühlten sich von den dunklen Mächten des Zauberreiches angezogen. Darum lösten sie sich von unserem Volke. Seitdem hört man nichts Gutes mehr über sie …

Sie jagen und fangen sogar manches Mal eine von uns und bringen sie zum Fürsten, der sie für sich arbeiten lässt. Und nun entführen sie auch noch ein Menschenmädchen. Wie schrecklich!"
Kuno berichtete, was er im Schutz des Baumtrolls mit angehört hatte.
Die Elfenkönigin sah besorgt aus. „So so, sie wollen die Herrschaft über die Dunkle Seite und Fürst Feridun entmachten. Wir müssen handeln!"
„Wir werden versuchen, das Menschenmädchen zu befreien. Wir wissen noch nicht wie, aber wir dürfen nicht zulassen, dass sie in die Fänge des Drachenfürsten gerät", erklärte Kuno.
„Ihr seid sehr mutig. Wie kann ich euch helfen?"
„Weißt du, wo der Drachenfürst wohnt? Denn dorthin sind die Dunkelelfen unterwegs. Vielleicht können wir sie vorher einholen."
Die Elfenkönigin schüttelte den Kopf. „Tut mir leid, das weiß ich auch nicht. Fast keiner weiß es, außer jenen, die zum Dunkelvolk zählen." Sie überlegte. „Aber eine Möglichkeit gibt es doch. Die Donnerwolkengeister könnten es wissen. Fürst Feridun glaubt, sie seien auf seiner Seite, weil sie so dunkel sind. Daher duldet er sie ohne Misstrauen in seiner Nähe." Sie schaute in den Himmel. „Ich werde sie bitten, euch den Weg zu zeigen."
„Wie können wir uns für deine Hilfe bedanken, Elfenkönigin?", fragte Kuno.

Die Königin winkte gnädig ab. „Wir helfen euch gerne, wenn es gegen unsere Feinde geht. Und der Menschenjunge soll uns Zitterelfen in guter Erinnerung behalten.“

„Ich habe eine Idee, wie ich mich bedanken kann, denn ich weiß, ihr liebt Musik“, sagte Jan, setzte seine Blockflöte an den Mund und spielte die Rebecca-Melodie. Alle Zitterelfen und auch die Elfenkönigin summten die Melodie schon nach wenigen Tönen mit.

Als Jan sein Spiel beendet hatte, applaudierten die Zitterelfen mit ihren kleinen Händchen. Es klang wie Wind, der durch die Grashalme weht. Die Elfenkönigin jubelte: „Ich spüre einen Zauber in deiner Melodie. Wie in unseren alten Liedern, die wir in der Traumfeen-Nacht anstimmen. Wenn du uns erlauben würdest, deine Melodie dort einmal zu singen …“

Jan verschlug es die Sprache. Überglücklich nickte er. Seine Musik für Rebecca sollte in der Traumfeen-Nacht erklingen! Sein Blick fiel auf Kuno. Vielleicht würde sich der kleine Kobold eines Tages zu eben dieser Melodie verlieben.

Kuno mahnte zum Aufbruch: „Genug musiziert. Wir müssen los. Durch die Moor-Nymphen haben wir sowieso schon viel Zeit verloren."

Sie schauten nach oben und dort am strahlend gelben Himmel hing eine einsame dunkle Wolke. In einer Richtung lief sie spitz zu. Der Hinweis war eindeutig. Herzlich verabschiedeten sie sich von den Zitterelfen und ihrer Königin und machten sich auf, Rebecca zu befreien.

Jan hatte den Kobold wieder auf seine Schulter gesetzt. Kuno sagte: „Alle Achtung, deine Flickflöke macht mächtig Eindruck im Zauberreich. Und ich muss zugeben, sie klingt wirklich ganz nett …"

„Es ist eine Blockflöte!"

„Sag ich doch! Kann ich mal spielen?"

„Später! Wir müssen uns beeilen, hast du selbst gesagt."

Das war eine Ausrede. Jan wollte nicht, dass der Kobold das Instrument auf seinem Rücken ausprobierte und ihm damit ins Ohr blies.

Schweigend folgten sie dem Donnerwolkengeist am Himmel.

10. Kapitel

Ein Handel mit dem Springteufel

„Das ist eine saumatschige Gegend“, schimpfte Ben. Hanno sagte nichts, denn er atmete schwer von der Anstrengung, durch den Morast zu waten.
„Man sieht hier leider keine Fußstapfen mehr“, meinte Marvin, der immer wieder suchend seinen Blick über den Boden schweifen ließ. Schon ihre eigenen Fußspuren waren nur wenige Sekunden zu sehen, dann hatten sie sich wieder mit Wasser oder Matsch gefüllt.
„Und wenn sie gar nicht hier durchgegangen sind?“, fragte Hanno.
„Auf jeden Fall hat sie ihr Weg in das Moor geführt. Das zeigen die Fußspuren ganz deutlich“, erklärte Marvin. „Welche Richtung sie dann eingeschlagen haben, weiß ich auch nicht. Wenn aber einer von euch eine bessere Idee hat, wo wir gehen sollen, bitte!“
Einen Augenblick später vernahmen sie einen unvorstellbar schönen Gesang. Auch wenn alle drei Jungen sich nicht viel aus Musik machten, waren diese schönen Stimmen und die Melodie einfach unwiderstehlich. Für jeden von ihnen schien die Quelle der Klänge aus einer anderen Richtung zu stammen, daher liefen sie kreuz und quer durch das Moor. Nach kurzer Zeit steckten sie mit den Füßen im Morast fest. Doch es störte sie nicht und sie reckten ihre Arme in die

Richtung, aus der sie die Musik hörten, als wollten sie sie einfangen oder umarmen.

Plötzlich ein donnernder Ruf: **„Ruhe!"**

Alle drei fuhren zusammen und im selben Moment verstummte auch die Musik. Hanno schrie in die plötzliche Stille des Moores hinein: „Bitte, die Musik soll nicht aufhören, bitte!" Doch dann sahen sie, wer da gerade gebrüllt hatte. Hanno und die anderen Jungen starrten das unheimliche Wesen vor ihnen an. Es hatte etwa ihre Größe und rote Augen, aus denen es sie böse anblickte. Der Körper war schwarz und zwei Hörner saßen auf seinem Kopf.

Ihnen wurde mulmig.

„Wer seid ihr und was wollt ihr hier?", donnerte das Wesen.

Marvin betrachtete das grimmig dreinschauende Männchen. Mit dem war eindeutig nicht zu spaßen. Besser, er blieb bei der Wahrheit. Marvin berichtete mit zitternder Stimme, warum die drei durch die Zauberwelt reisten.

„Die Dunkelelfen wollen dem Fürsten ein Menschenmädchen schenken? Dem alten Feuerschlucker? Das ist viel zu schade für ihn." Das Männchen ließ ein hässliches Lachen hören. „Hört zu, ich will das Menschenmädchen selbst besitzen. Bringt es mir, wenn ihr es befreit habt. Falls ihr das schafft. Als Dank dafür, dass ich euch aus den Fängen der Moor-Nymphen befreit habe."

Die Jungen waren sich sicher, dass es kaum einen Unterschied machte, ob Rebecca eine Gefangene des Drachen oder dieses unheimlichen Wesens war.
„Das geht nicht, wir können Rebecca …“, stammelte Marvin.
„Bist du wahnsinnig? Willst du mir etwa widersprechen? Weißt du, wen du vor dir hast? Ich bin der Springteufel!“ Den Jungen lief ein Schauer über den Rücken. „Kein Widerwort mehr oder ich befehle den Moor-Nymphen, weiterzusingen. Was dann mit euch geschieht, könnt ihr ahnen, wenn ihr euch anschaut, wo eure Füße im Moment stecken!“ Das Wesen lachte wieder laut und böse. Marvin und seine Freunde spürten, wie sie ein Stückchen tiefer in den Morast gezogen wurden. Voller Panik begriffen sie, dass sie auf dem besten Weg waren, auch ohne den Gesang der Nymphen unterzugehen.

Marvin hatte keineswegs vor, Rebecca dem Springteufel auszuliefern. Er war entschlossen, sie zu retten, weil er sie sehr nett fand, auch wenn er das niemals zugeben würde. Vor allem nicht vor seinen Freunden, denn das war ihm höllisch peinlich.

„Sicher, wir bringen sie dir", sagte Marvin kleinlaut. „Aber erst müssen wir Rebecca aus den Fängen der Dunkelelfen befreien. Und wir wissen nicht, in welche Richtung sie gezogen sind. Weißt du, wo das Schloss des Drachenfürsten ist? Dort wollen sie hin."

Das Wesen schien Marvin mit dem Blick aus seinen roten Augen aufspießen zu wollen. „Versuche nicht, mich zu betrügen! Es würde dir und deinen Freunden schlecht bekommen." Wie zum Beweis sanken alle drei wieder einige Zentimeter tiefer im Morast ein. „Folgt der einsamen dunklen Wolke am Himmel. Ich weiß nicht, warum, aber sie zeigt schon die ganze Zeit genau in die Richtung des Schlosses. Wahrscheinlich folgen auch der andere Menschenjunge und der Kobold, von dem du sprachst, der Wolke." Und dann, mit noch schärferer Stimme: „Also, haut ab! Ich warte hier auf euch!"

Marvin nickte kleinlaut und zeigte auf seine halb versunkenen Beine. Das höllische Wesen lachte noch einmal, verschwand, und alle drei Jungen standen wieder auf festerem Boden. Sie atmeten erleichtert auf.

„Du willst Rebecca diesem schrecklichen kleinen Monster ausliefern?", fragte Ben ungläubig.

„Bist du blöd? Natürlich nicht! Aber wir mussten ihm doch wohl versprechen, was er wollte, sonst wären wir allesamt im Moor versunken." Marvin stapfte grimmig los. So schwierig hatte er sich die Befreiungsaktion nicht vorgestellt. Er trieb seine Freunde zur Eile an. Jan hatte einen großen Vorsprung und Marvin wollte ihm keinesfalls den Triumph überlassen, Rebecca befreit zu haben.

Die Baumtrolle im Moor waren entzückt. Selten war hier so viel los wie heute. Zuweilen wurde es ihnen auch schon einmal langweilig, denn ihr Schicksal war ja, sich nicht von der Stelle bewegen zu können. Aber heute durften sie sich nicht beklagen. Die Baumtrolle fanden unerhört spannend, was sie belauscht hatten. Der Menschenjunge und sein Begleiter, dieser trottelige Kobold, mussten unbedingt erfahren, dass sie verfolgt wurden.

Kein Problem für Baumtrolle. Ein dumpfes Flüstern rauschte von Baumwipfel zu Baumwipfel durch das Zauberreich.

11. Kapitel

Ein wütender Kampf und ein hölzerner Fährmann

Jan schaute ab und zu in den Himmel, um sich zu vergewissern, dass sie weiterhin dem Donnerwolkengeist folgten. Sie hatten bereits einige Hügel überquert und wanderten nun durch ein breites Tal. Kuno saß schweigend auf Jans Rücken und so hing dieser seinen Gedanken nach. Viele Fragen quälten ihn: Wie mochte es Rebecca gehen? Hatte sie sehr große Angst? Wie behandelten die Dunkelelfen sie wohl? Wusste sie, wohin sie gebracht werden sollte? Ahnte sie vielleicht, dass Jan versuchte, sie zu retten?

Plötzlich blieb er stehen. Vor ihnen lag ein Fluss, der so breit war, dass man ihn für einen See halten konnte.

„Was jetzt?", fragte Jan. „Kannst du schwimmen? Also ich schaffe das niemals bis ans andere Ufer!"

„Ich schätze, die Wolke wusste, warum sie uns genau an diese Stelle des Flusses leitet. Schauen wir uns ein bisschen um." Kuno sprang von Jans Rücken und rannte auf seinen kleinen Beinchen am Ufer entlang.

Jan setzte sich derweil erschöpft in den Sand, stützte seinen Kopf in die Hände und schloss die Augen. Als er sie wieder öffnete, war Kuno nicht mehr zu sehen.

Jan begann, sich Sorgen zu machen. Er schaute sich um und erspähte seinen kleinen Begleiter weiter flussaufwärts. Langsam kam Kuno näher und berichtete:

„Flussabwärts sind Stromschnellen. Da wird der Fluss richtig wild. Weiter oben ist er noch breiter als an dieser Stelle hier. Ich habe absolut keine Idee, wie wir hinüberkommen sollen."

Kuno setzte sich neben Jan ans Ufer. Sie schwiegen und Jan schaute nach oben in den Himmel. Dort hing noch immer der Donnerwolkengeist unbeweglich über ihnen und zeigte auf die gegenüberliegende Seite des Flusses.

Irgendetwas musste passieren, hoffte Jan. Sie verloren zu viel Zeit.

„Irgendwas wird bald passieren", sagte Kuno im gleichen Moment. „Ich weiß das. So sind die Gesetze im Zauberreich."

„Wie lauten denn diese Gesetze?", fragte Jan neugierig.

„Na ja, im Zauberreich gibt es in jeder Situation eine Lösung. Aber man muss geduldig sein."

„Seltsames Gesetz …", murmelte Jan und ließ den Blick über die weite Wasserfläche gleiten. Dort schwamm etwas. Jan machte den Kobold darauf aufmerksam. Nach einer Weile konnten sie erkennen, was es war: ein Kahn, der Kurs auf ihre Seite genommen hatte. Darin saß eine Gestalt und ruderte.

„Siehst du?", triumphierte der Kobold. „So sind die Gesetze im Zauberreich."

Als der Kahn anlegte, rief Kuno dem Ruderer zu: „Kannst du uns ans andere Ufer bringen, Fährmann?"

Der Fährmann blickte über seine Schulter. Dann antwortete er: „Was ihr dort seht, ist nicht das gegenüberliegende Flussufer. Das ist eine Insel in der Mitte des Flusses. Und auf die Insel wollt ihr ganz sicher nicht. Man nennt mich übrigens den Hölzernen."

Der Name passte, dachte Jan. Der Fährmann hatte die Gestalt und das Gesicht eines alten Mannes. Sein Gesicht, seine Hände, sogar seine Kleidung, schienen wie aus Holz geschnitzt.

„Wieso sollten wir da nicht hin wollen? Was ist mit der Insel?", fragte Jan.

„Es ist die Insel des Drachenfürsten."

Kuno strahlte seinen Gefährten an und jubelte: „Jan, wir sind fast am Ziel." Dann wandte sich der Kobold an den Fährmann: „Genau da wollen wir hin!"

„Es ist lange her, dass ich jemanden auf die Insel bringen sollte. Und die meisten kommen nicht zurück. Fürst Feridun ist ein launischer Gastgeber." Er lachte leise. „Was bietet ihr mir für die Überfahrt?“

Jan überlegte. Er hatte nur seine Blockflöte. Und die wollte er auf keinen Fall hergeben.

„Ich kann von meinen Abenteuern erzählen“, schlug Kuno vor, „wie ich Fürst Feridun unter dem Bauch gekitzelt habe, wie ich aus der Engelsburg geflüchtet bin oder wie ich Gabriel und Messriel …“

„… vielleicht ist es auch schon Lohn genug, wenn du deine kleine Koboldklappe hältst!“, unterbrach ihn der Hölzerne.

Jan kam eine Idee. Er hatte doch auch schon den Zitterelfen mit dem Blockflötenspiel eine Freude gemacht. Er zeigte dem alten Mann das Instrument und unterbreitete ihm seinen Vorschlag. Der Hölzerne lächelte, nickte und sagte: „Besser als das Geplapper des Kobolds ist es bestimmt. Der Handel gilt. Steigt ein.“

Als sie in den leicht schaukelnden Kahn kletterten, hörten sie hinter sich Stimmen. Jan blickte sich um und traute seinen Augen nicht. Marvin und seine Freunde Ben und Hanno.

„Steigt aus, wir müssen hinüber …“

„Interessant, so viele Gäste beim Fürsten. Was feiert der bloß …?“, murmelte der Hölzerne.

„Was hast du vor, Marvin?“, fragte Jan.

„Das Gleiche wie du! Aber wir werden es schaffen, im Gegensatz zu dir, du Weichei! Du traust dich ja nicht mal, dich zu prügeln. Wie willst du Rebecca aus den Klauen eines Drachen befreien? Lächerlich!“ Marvins Freunde lachten.

Eine riesige, brodelnde Wut füllte Jans Körper. Er wollte die vielen gemeinen Bemerkungen nicht mehr ertragen müssen. Jetzt war Schluss! Mit einem Satz sprang er aus dem Boot und stürzte sich auf Marvin. Jan spürte, dass ihm seine Wut Riesenkräfte gab.

Sie wälzten sich über den Boden. Mal lag Jan oben, mal Marvin. Beide schlugen wild um sich, rissen an der Kleidung des anderen und versuchten, sich gegenseitig niederzudrücken. Im Hintergrund hörte Jan Rufe, aber er achtete nicht darauf. Sein einziges Ziel war: Marvin musste unter ihm liegen. Er sollte zugeben müssen, dass Jan ihn besiegt hatte.

Jemand riss ihn von Marvin weg. Aber auch Marvin wurde zurückgehalten. Ben und Hanno hatten die beiden Streithähne auseinandergezogen. Kuno stand zwischen ihnen und sah zum ersten Mal wirklich böse aus. „Ihr seid wirklich unfassbar dumme Menschenkinder!“, schimpfte er. „Wenn ihr Rebecca tatsächlich befreien wollt, dann braucht ihr eure Kraft noch und solltet sie nicht vergeuden.“ Kuno machte eine Pause, seufzte, schaute die beiden vorwurfsvoll an und fuhr fort: „Wir wissen nicht, was uns auf der anderen Seite des Flusses erwartet, aber eins ist sicher: Je mehr wir sind, umso größer die Chance, Rebecca zu befreien. Wir brauchen jeden hier, jeden! Fürst Feridun ist der Herrscher über die dunkle Seite des Zauberreichs und kein putziges Wichtelmännchen!“

Jan und Marvin hatten Kuno zugehört, während sie versuchten, wieder zu Atem zu kommen. In ihnen kochte noch immer die Wut und am liebsten wäre jeder von ihnen sofort wieder auf den anderen losgegangen. Aber letztlich mussten sie dem kleinen Kobold Recht geben. Dieser Schulhofzwist hatte bei einem solchen Abenteuer keinen Platz.

Jan dachte nach. „Also gut, versuchen wir Rebecca gemeinsam zu befreien“, schlug er vor. Marvin nickte nach kurzem Zögern und sie gaben sich die Hand.

Jan wandte sich an den Fährmann: „Reicht mein Flötespiel auch für fünf Reisende?“

„Steigt ein! So viel war hier seit ewigen Zeiten nicht mehr los!“ Der Fährmann schüttelte den Kopf, aber er schien sich über die Abwechslung zu freuen.

Als sie im Boot saßen, fragte Jan: „Wie seid ihr denn den Moor-Nymphen entkommen?“

„Welchen Moor-Nymphen?“, fragte Marvin zurück.

Kuno horchte auf. Gerade noch hatte er interessante Neuigkeiten von den Baumtrollen am Ufer zugeflüstert bekommen. Und nun fragte er sich, warum Marvin nicht die Wahrheit sagte.

12. Kapitel

Kuno entdeckt neue Fähigkeiten an sich

Der Hölzerne stieß den Kahn vom Ufer ab und tauchte die Ruder ins Wasser. Langsam nahmen sie Fahrt auf. Neben ihnen flogen Fische über das Wasser und schienen sie zu begleiten. Der Fährmann stemmte sich bei jedem Ruderschlag schwer gegen die Strömung. Ein paar Steinwürfe flussabwärts hörten sie die Stromschnellen gurgeln und rauschen.
„Schaffst du es auch sicher, den reißenden Fluten fern genug zu bleiben, alter Mann?“, fragte Kuno, wobei er den Fährmann anlächelte.
„Ja, wenn du mir nicht die Kräfte mit deinen blöden Fragen raubst!“ Er schaute Jan an. „Was ist nun mit deinem Flötespiel? Fang an, bevor sich der kleine Kobold in Stimmung quatscht!“

Jan holte seine Blockflöte hervor. Er entschied sich, nicht die Rebecca-Melodie zu spielen. In ihr lag ein Zauber, der jetzt nicht in das Boot gehörte. Aber er kannte ja noch andere Melodien. Viele davon hatte er sich selbst ausgedacht. Er spielte eine nach der anderen. Irgendwann fiel ihm nichts mehr ein und er setzte die Flöte ab.
„Weiter, wir sind noch nicht am Ufer“, beschwerte sich der Fährmann. Jan schaute zurück und dann wieder

Richtung Inselufer. Sie hatten erst die Hälfte des Weges hinter sich gebracht.

„Lass mich mal spielen!“, mischte sich Kuno ein.

„Du?“, fragte Jan.

„Bitte nicht!“, sagte der Fährmann. „Wenn er spielt, wie er redet, werde ich verrückt.“

„Du kannst ja nicht einmal den Namen der Flöte richtig aussprechen“, scherzte Jan. „Und da willst du sogar auf ihr spielen?“

Kuno schaute beleidigt drein, dann kam ihm eine Idee: „Wenn ich den Namen richtig ausspreche, lässt du mich dann spielen?“

Jan dachte: „Warum soll ich dem kleinen Kobold nicht den Gefallen tun? Er wird sie schon nicht kaputtspielen. Ach, er kann den Namen ja sowieso nicht richtig aussprechen.“ Jan hielt ihm das Instrument vor die Nase: „Also, wie heißt sie?“

Der Kobold grinste und antwortete, ohne zu haspeln: „Blockflöte“.

Jan staunte nicht schlecht und reichte sie ihm. Die Flöte schien viel zu groß für die kleinen Koboldhände. Der spreizte seine Fingerchen und setzte sie auf alle Löcher, blies hinein und es erklang tatsächlich der tiefste spielbare Ton. Der Kobold musste das bei Jan beobachtet haben. Nun hob er einen seiner Finger und spielte den nächst höheren Ton, und immer so weiter, bis der Ton so hoch klang, dass sich einige in dem Boot die Ohren zuhielten.

„Kobold, ich will keine Fingerübungen hören, sondern Musik, das ist der Handel“, schimpfte der Hölzerne. Dann begann Kuno zu spielen. Er fegte mit den kleinen Fingern über die Löcher und spielte in rasendem Tempo lustige Melodien, die noch nie zuvor ein Menschenohr vernommen hatte. Die Töne kamen schneller und schneller. Jan, Marvin, Ben und Hanno glotzten den Kobold mit offenem Mund an. Dessen Finger vollführten einen wilden Tanz auf der Flöte. Die Jungen konnten kaum glauben, was sie da sahen und vor allem hörten.

So bemerkten sie auch nicht, dass eine Veränderung in dem Fährmann vorgegangen war und das Boot den Stromschnellen immer näher kam. Kunos Kopf war puterrot geworden vor Anstrengung. Von einem Moment auf den anderen setzte er die Flöte ab und japste nach Luft.

„Puh, ich kann nicht mehr!“, sagte er außer Atem. „Leider … kann ich nicht … so lange … spielen …“

„Das rettet vielleicht unser Leben!“, stöhnte der Fährmann. Seine Worte kamen träge, aber in seiner Stimme klang Gefahr. „Los, helft mit, sonst können wir den Stromschnellen nicht mehr entkommen!“

Jetzt erst bemerkten sie, dass das Rauschen des Wassers viel lauter geworden war. Mit schreckgeweiteten Augen erkannten sie, dass das kleine Boot auf die Stromschnellen zusteuerte und immer mehr Fahrt aufnahm. „Los, packt mit an!“, brüllte der Hölzerne, nun wieder lebendiger, und wies auf die Ruder. „Pullt, wenn euch euer Leben lieb ist! Pullt!“

Mit einiger Mühe kletterten die Jungen und Kuno zu dem Fährmann auf die Ruderbank, wodurch das Boot für einen Moment gefährlich ins Schwanken geriet. Endlich saßen Jan, Marvin und der Kobold eng nebeneinander auf der Steuerbordseite, an Backbord drängten sich Hanno und Ben mit dem Hölzernen auf der Bank. Entschlossen griffen sie nach den Rudern und stemmten sich mit aller Kraft gemeinsam gegen die Strömung. Sie zogen und stöhnten dabei. Die Angst, an den Felsen in den Stromschnellen zu zerschellen und zu ertrinken, ließ sie über sich selbst hinauswachsen. Irgendwann konnten sie kaum noch ihre Arme heben. Aber da hatten sie es geschafft! Das Boot trieb wieder in ruhigen Gewässern.

Erschöpft saßen sie auf der Ruderbank und kamen langsam wieder zu Atem. Nach einer Weile fragte Marvin den Fährmann: „Wieso sind Sie vom Kurs abgekommen?“
Der Hölzerne wies auf Kuno: „Sein Flötespiel war schuld!“
„Fandest du es so schrecklich, dass du uns alle in die reißenden Fluten stürzen wolltest?“ Der Kobold war sichtlich beleidigt.
Der Fährmann schüttelte den Kopf. „Es war wie ein Zauber. Je schneller du spieltest, umso langsamer bewegte ich mich. Irgendwann fühlte ich mich fast wie gelähmt …“

Sie begriffen, dass der Kobold etwas mit dem Flötespiel ausrichten konnte. So wie Jan mit der Rebecca-Melodie einige Wesen des Zauberreiches zum Tanzen brachte, konnte Kuno sie mit seiner Spielweise bewegungsunfähig machen.
„Unser Glück, dass du beim Flötespielen so schnell außer Atem kommst“, sagte Jan, „sonst wären wir in den mörderischen Stromschnellen untergegangen.“ Nach einer Pause fügte er ernst hinzu: „Und Rebecca wäre verloren.“

Im gleichen Moment hörten sie auf der Insel Hilferufe. Sie klangen sehr weit entfernt und leise. Alle lauschten. Es war eindeutig Rebeccas Stimme. Sie war also bereits im Reich des Drachenfürsten.
„Beeilt euch, wir dürfen keine Zeit mehr verlieren!“, rief Jan und sie ergriffen wieder die Ruder.

13. Kapitel

Ein sinkender Teppich und Rebecca schöpft Hoffnung

Rebecca hatte jegliches Gefühl für Zeit verloren. Wie lange trugen diese unheimlichen kleinen Wesen sie schon durch die Lüfte? Die Dunkelelfen sprachen kaum mit ihr, kurze Anweisungen höchstens, und nie ein freundliches Wort. Untereinander sprachen sie fast ständig, aber leise, flüsternd, es klang wie ein Klackern von rieselnden Steinchen. Immerhin hatte sie mitbekommen, dass man sie zu einem Fürsten bringen wollte. Aber sie wusste nicht, wohin und warum, und wer dieser Fürst überhaupt war.
Die Elfen flogen dicht nebeneinander und hatten aus ihren vielen kleinen Körpern eine Art fliegenden Teppich gebildet. Darauf saß sie recht bequem. Eigentlich hätte es ein tolles, spannendes Abenteuer sein können, das sie hier erlebte. Wer wurde schon vom Schulhof in ein Zauberreich entführt, in dem die Blätter an den Bäumen bläulich schimmerten und eine violette Sonne am gelben Himmel stand? Aber ihr Schicksal war ungewiss. Und sie hatte Angst vor dem, was sie am Ende ihrer Reise durch dieses Zauberreich vielleicht erwartete.

Rebecca schaute durch die dunkle Wolke hindurch

und bemerkte, dass sie ein großes Gewässer überquerten. Sie musste an Jan, Marvin, Ben und Hanno denken, die die Entführung mitbekommen hatten. Was mochten sie gerade tun? Versuchten sie, Frau Mittermann zu erklären, dass eine Mitschülerin von einem Rudel böser Elfen entführt worden war? Oder waren sie ihr womöglich gefolgt? Unwahrscheinlich, denn sie konnten ja nicht wissen, wohin die Elfen sie bringen würden. Aber da war diese unheimliche Puppe in Jans Arm, die ganz sicher nicht nur irgendeine Puppe war, denn sie konnte sprechen. Vielleicht war Jan mit Hilfe dieses kleinen Monsters in das Zauberreich gelangt, um sie zu befreien.

Es war Hoffnung in dem Gedanken. Irgendjemand musste sie doch befreien! Oder sollte sie den Rest des Lebens bei diesen bösen kleinen Elfen bleiben, die kaum mit ihr sprachen? Oder bei einem Fürsten, den sie nicht kannte?

Rebecca seufzte und stemmte sich gegen eine innere Verzweiflung, die in ihr hochkroch und das Herz zuschnüren wollte. Sie durfte nicht aufgeben. Aus dem Gespräch der Elfen konnte Rebecca heraushören, dass sie ihr Ziel fast erreicht hatten. Wieder schaute sie unter sich und erkannte durch den schwarzen Nebel das Ufer.

Von irgendwoher vernahm Rebecca leise Töne. Es klang wie eine Flöte. Sofort fiel ihr Jan ein. Der spielte doch Blockflöte. Ihr Herz machte einen Sprung. Sie lauschte der Melodie. So spielte aber kein Mensch. Es klang sonderbar, als habe man eine Melodie viel zu schnell gespielt. Sie konnte nicht mehr zuhören, denn mit Entsetzen stellte sie fest, dass der Teppich stark an Höhe verlor. Was war mit den Elfen plötzlich los? Ihre kleinen, schwarzen Flügel flatterten ganz langsam und bei einigen bewegten sie sich gar nicht mehr. Die Elfen wirkten schläfrig, fast wie gelähmt. Der Teppich sank immer schneller. Rebecca schrie aus Leibeskräften.

Ihr Sturz endete in einem dichten Laubbaum. Doch nur kurz, dann senkte sich der Ast, auf dem sie gelandet war, und sie fiel sanft auf die Erde. Etwas benommen stand sie auf. Wie durch ein Wunder hatte sie sich nicht verletzt. Rebecca schaute sich um. Überall auf dem Boden lagen die dunklen Elfen, völlig bewegungslos, als seien sie steif gefroren.

Das war ihre Chance. Sie rannte los in die Richtung, in der sie das Ufer vermutete. Sie war eine gute Schwimmerin. Und: Von dort waren auch die Flötentöne gekommen. Vielleicht war das die Rettung.

Die Musik war nicht mehr zu hören. Dennoch lief sie, so schnell sie konnte, weiter. Bäume und Sträucher schienen an ihr vorbeizufliegen. Nur weg von diesen Elfen! Sie lief um ihr Leben.

Rebecca stürmte eine kleine Anhöhe hinauf und an der anderen Seite wieder hinunter. Das Ufer war bereits zu erkennen. Und auf dem Wasser – schwamm da nicht ein Boot? Rebecca schrie ein weiteres Mal um Hilfe, doch von einem Moment auf den anderen verdunkelte es sich um sie herum und sie wurde angehoben. Die Elfen hatten sie wieder eingeholt. Es war fast genau wie auf dem Schulhof. Rebecca hätte schreien mögen vor Enttäuschung.

Sie war der Freiheit so nah gewesen. Doch die Flucht war misslungen. Würde es für sie noch einmal eine solche Chance geben? Sie konnte fast nicht mehr daran glauben. Ihre Hoffnung auf Rettung war plötzlich nur

noch ein kleines vertrocknetes Pflänzchen in ihrem Herzen. Sie wollte gegen die Enttäuschung ankämpfen, aber es gelang ihr nicht. Tränen liefen ihre Wange hinab.
„Na na“, klackerte eine der Elfen. „Da wäre sie uns fast entwischt.“
Eine andere fragte: „Ist sie verletzt?“
„Nein“, sagte die erste. „Sieht gut aus.“
„Wir wollen den Drachenfürsten nicht enttäuschen. Sein Geschenk soll in tadellosem Zustand sein.“
Ein zustimmendes Geklacker war zu hören, dann saß Rebecca wieder auf dem Teppich aus Elfen und sie flogen vom Ufer weg. Der Fürst war ein Drache, begriff Rebecca mit Entsetzen. Sie sank auf dem fliegenden Teppich in sich zusammen.

Hätte sie sich in diesem Moment umgedreht, wäre ihr der Kahn aufgefallen, der gerade am Ufer anlegte. Sie hätte sogar einzelne Gesichter erkennen können …

14. Kapitel

Die Rettungsaktion beginnt und Kuno kommt außer Atem

Schaut doch! Da!", schrie Jan und sprang auf. Das Boot schwankte bedrohlich. Er zeigte aufgeregt in den Himmel. „Da oben!"
Alle schauten hin und sahen den Schwarzen Nebel, der sich schnell entfernte. Die Dunkelelfen. Sie waren hier. Und Rebecca auch. Sie hatten sie rufen hören. Noch war sie nicht verloren.
Sie legten an und sprangen ans Ufer.
Der Hölzerne brummte: „Es ist wahrscheinlich überflüssig, dass ich auf euch warte, aber ich habe sowieso nichts zu tun, da kann ich auch hier am Ufer bleiben."
„Tu das, Fährmann!", stimmte Kuno zu. „Und für alle Fälle solltest du dennoch bereit sein, sofort abzulegen."
Der Hölzerne nickte nur.
Die Gruppe schaute hinauf zur Wolke, die ihnen weiterhin die Richtung zeigte. Der Kobold schwang sich auf Jans Schulter und sie marschierten los. Der gefährlichste Teil ihres Abenteuers begann.

Nachdem sie ein paar sanfte Hügel überwunden hatten, sahen sie vor sich eine steile Bergwand aufragen.

Die Wolke verharrte am Himmel und zeigte darauf. „Hier muss es irgendwo sein." Jan schaute die Wand entlang in alle Richtungen.

„Ich sehe nirgendwo einen Eingang", meinte Marvin. „Und wenn sich die Wolke geirrt hat?"

Alle schauten gebannt auf die riesige Wand.

„Es gibt einen Grund, warum die Wolke uns hierher führt. So sind die Gesetze des Zauberreiches", sagte Jan.

„Gesetze des Zauberreiches?", fragte Marvin zurück.

„Ach, vergiss es! Marvin, Hanno und Ben, ihr geht links entlang. Wir suchen rechts", bestimmte Jan. „Wenn einer was entdeckt hat, gibt er ein Signal. Lasst einen kurzen Pfiff los."

Sie trennten sich und marschierten in entgegengesetzte Richtungen. Nach einer Weile näherten sich Jan und Kuno einem Dickicht. Es erinnerte Jan sofort an sein Geheimversteck in der Menschenwelt. Auch das war nur durch einen Busch verborgen. „Hilf mir!", befahl Jan und zog mit Kuno an dem Strauch. Der hatte keine Wurzeln in der Erde, aber dennoch schafften es die beiden nicht, ihn auch nur ein Stück zu bewegen. Er war zu schwer und der kleine Kobold war dabei ohnehin keine große Hilfe.

Jan legte zwei Finger zwischen die Zähne und ließ einen scharfen Pfiff los. Marvin und die anderen kamen sofort angelaufen. Jan zeigte auf den Strauch. „Er hat keine Wurzeln. Vielleicht verdeckt er einen

Eingang.“ Gemeinsam schafften sie es unter Ächzen und Stöhnen, den Strauch zur Seite zu zerren. Tatsächlich verbarg sich dahinter eine große Öffnung zu einem Gang, der abwärts in eine Höhle unter dem Felsen zu führen schien. Sie schauten sich an.
„Ist der Gang groß genug für den Drachen?“, fragte Ben. Kuno nickte nur.
„Hier sind aber gar keine Wachtposten“, bemerkte Hanno.
„Wen sollten sie denn bewachen oder beschützen?“, fragte Kuno. „Fürst Feridun Flint von Funkenflug kennt keine Angst. Noch nie hat ihn jemand ernsthaft bedroht. Er fühlt sich unbesiegbar.“
„Wir können da also einfach reinspazieren?“, fragte Ben.
Jan schlug vor: „Wie wär's, wenn wir versuchen, zu schleichen und auch sonst keine Geräusche zu machen. Wir müssen herausfinden, wo genau sich Rebecca befindet. Vielleicht hat dann einer von euch eine schlaue Idee, wie wir sie retten können.“
Alle nickten und versuchten sich vorzustellen, was sie dort drinnen in der Höhle erwartete. Und alle hofften inständig, wieder heil herauszukommen.

Als sie den Gang betraten, waren sie erstaunt, wie hell es darin war. Schnell erkannten sie den Grund. Auf Vorsprüngen an den Wänden standen kleine Holzkäfige. Darin saßen Zitterelfen, die mit ihrer leuchtenden Gestalt den Gang erhellten. Es war eine Kleinigkeit, die Holztürchen aufzubrechen. Flüsternd erklärte ihnen der Kobold, was sie vorhatten. Jan bat die kleinen Zauberwesen, nicht sofort zu fliehen, damit die Jungen und Kuno durch ihr Licht nachher schnell wieder den Weg zurück aus der Höhle fanden.

„Die Dunkelelfen sind vor kurzer Zeit eingetroffen“, erzählte eine von ihnen, „mit dem blonden Mädchen in ihrer Mitte. Sie werden gerade vom Fürsten im Thronsaal empfangen.“

„Schnell!“, mahnte Jan. „Rebecca ist in allergrößter Gefahr!“

Die Zitterelfen wünschten der kleinen Gruppe viel Glück. „Haltet Abstand zu dem Feuer speienden Maul des Drachenfürsten“, riet eine von ihnen.

„Ach, damit kenne ich mich aus“, prahlte Kuno.

Sie folgten dem Gang und versuchten, keine Geräusche zu machen. Hinter einer leichten Kurve wurde es noch heller. Als sie für einen Moment anhielten, hörten sie zuerst die klackernden Stimmen der Dunkelelfen, dazwischen das tiefe Brummen des Drachen. Sie mussten dem Thronsaal schon sehr nah sein. Aber sie konnten noch keine Wörter verstehen. Jan spähte vorsichtig um die nächste Ecke. Vor ihm breitete sich eine grobe Steintreppe aus, die aufwärts in den Thronsaal des Fürsten führte.

Jan ließ sich auf alle viere nieder und machte den anderen ein Zeichen, es ihm gleichzutun. Kuno rollte mit den Augen und blieb stehen. Er war klein genug. Dann krochen sie leise auf die Treppe zu, legten sich auf den Bauch und überwanden Stufe für Stufe, bis sie den gigantischen Thronsaal überblicken konnten.

Der Drache stand seitlich zu ihnen in der Mitte des Raumes auf einem golden schimmernden Podest. Vor ihm flatterten die Dunkelelfen und schauten zum Fürsten. Zwischen den Elfen und dem Drachen stand Rebecca.

Ihr Anblick erfüllte Jan mit unendlichem Mitleid. Am liebsten wäre er auf der Stelle zu ihr geeilt, um sie in die Arme zu schließen. Aber wenn sie Rebecca retten wollten, durften sie jetzt keinen Fehler machen. Er musste nachdenken.

Angstvoll bemerkten Jan und die anderen auch die Ketten unterschiedlicher Größe. Überall im Raum waren sie am Boden und an den Wänden verankert. An einige waren Baumgeister und Wichte angekettet, die jämmerlich und angstvoll dreinblickten. Jeder in der Gruppe wusste: Wenn sie nicht vorsichtig waren,

würden sie sich selbst ganz schnell in diesen Ketten wiederfinden.
Jan bemerkte einen Schlüssel, der am Hals des Drachen hing und klimperte, als Fürst Feridun mit dröhnender Stimme sprach: „Das ist aber ein überaus schönes Geschenk!“ Dabei starrte er Rebecca aus seinen funkelnden Augen an.
„Wir sind glücklich, wenn dir das blonde Menschenmädchen gefällt!“, klackerte eine Dunkelelfe.
Fürst Feridun näherte sich Rebeccas Gesicht bis auf wenige Zentimeter und betrachtete sie mit offensichtlichem Wohlgefallen. „Sie ist wunderschön. So hell, die Haare …“
Jan sah, wie Rebecca versuchte, dem Atem des Drachen auszuweichen. Es hielt ihn kaum noch in seinem Versteck. Hilflos blickte er hinüber zu dem kleinen Kobold. Der schien angestrengt nachzudenken.
Mit fester Stimme sagte Rebecca: „Was immer du von mir willst, Drache, an mir wirst du keinen Spaß haben. Das schwöre ich dir! Und noch was: Du stinkst aus dem Maul!“
Fürst Feridun schaute erst verdutzt, dann lachte er schallend. Rebecca wich vor den kleinen rußigen Wölkchen, die dabei seinem Drachenmaul entfuhren, einen Schritt zurück.

Jan bewunderte Rebecca für ihre Unerschrockenheit. Er erinnerte sich, dass er fast die gleichen Wörter auf dem Schulhof gegenüber Marvin gebraucht hatte. Er war sich dabei mutig vorgekommen. Aber Rebecca sprach hier mit dem Herrscher über die dunkle Seite des Zauberreiches!

„Was kann ich euch zum Geschenk machen für dieses allerliebste Menschenmädchen?“, fragte Feridun, wandte sich von Rebecca ab und schaute die Dunkelelfen an.

„Nun“, druckste eine herum, „äh … wenn du ein bisschen von deiner Macht … äh … erübrigen und uns übertragen könntest, würdest du … äh … auch uns viel Freude machen.“

Der Drachenfürst lachte wieder laut und rau, wobei kleine Feuerstöße seinem Maul entfuhren. „Aber gerne! Meine Macht ist riesig. Wie viel wollt ihr? Was haltet ihr von der alleinigen Herrschaft über die Flusswelten des Zauberreiches – natürlich nur über die Dunklen Seiten?“

Die Dunkelelfen klackerten aufgeregt durcheinander. Es klang für Jan, als hätten sie nicht mit so viel Großzügigkeit gerechnet.

Und dann beobachtete Jan fassungslos, wie Kuno sich erhob und auf den Drachen zuschritt. Jan blieb fast das Herz stehen. Was hatte der kleine Kobold nur vor? War er übergeschnappt oder hatte er tatsächlich einen Plan?

Es dauerte einige Augenblicke, bis der Drache und die Dunkelelfen den kleinen Kobold entdeckt hatten. Stille breitete sich im Saal aus.

„Kennst du mich noch, Fürst Feridun Flint von Funkenflug? Ich habe dich unter dem Bauch gekitzelt."
„Bist du gekommen, um damit vor mir anzugeben? Pass auf, gleich werde ich dich mal mit meinem Atem unter *deinem* Bauch kitzeln. Und ganz sicher macht dir das keinen Spaß – aber mir!" Der Drache brach in ein dröhnendes Lachen aus, das wieder von kleinen Feuerstößen begleitet wurde.
„Wenn du meinst, Fürst. Aber vorher solltest du dir anhören, was ich erfahren habe, als ich vor nicht allzu langer Zeit die Dunkelelfen belauschte. Du wirst staunen!"
„Sollen wir den hässlichen kleinen Schwätzer für dich in Ketten legen, Fürst?", fragte eine Dunkelelfe und die anderen näherten sich auch schon dem Kobold.
„Moment!", rief Kuno und die Dunkelelfen hielten tatsächlich inne. „Sie haben dir das Menschenmädchen zum Geschenk gemacht, um sich bei dir einzuschmeicheln. Auf Dauer wird ihnen die Flusswelt nicht genügen. Sie wollen die Macht über das gesamte Reich …" Weiter kam Kuno nicht, weil die Dunkelelfen in einem Schwarm auf ihn zuflogen. Kuno brüllte: „Lass sie tanzen, Jan, lass sie tanzen!"
Nun begriff Jan, was der Kobold wollte, verließ sein Versteck und schritt auf den Drachen zu. Währenddessen setzte er die Flöte an den Mund und begann, die Rebecca-Melodie zu spielen. Aus den Augenwinkeln

nahm er wahr, wie Rebecca sich umdrehte und ihn ungläubig anstarrte.
Jan beobachtete beim Spielen die Dunkelelfen und erwartete, dass sie langsam zu tanzen begannen. Doch was war das? Nichts dergleichen geschah. „Es wirkt nicht, Kuno!", schrie er voller Panik. Was sollte er denn jetzt tun? Die Elfen mit der Flöte erschlagen? Er rannte auf den kleinen Kobold zu, ohne recht zu wissen, wie er ihm helfen konnte.
Kuno hingegen blieb ruhig und befahl: „Gib mir die Flöte!" Dann begann er auch schon zu spielen. Rasend schnelle Melodien. Tatsächlich purzelten die Dunkelelfen sofort kraftlos zu Boden und sogar der Drachenfürst stand bewegungslos mit halboffenem Maul da. Im gleichen Moment formte

sich ein Plan in Jans Kopf. Ob er klappte, war allerdings davon abhängig, wie lange Kuno das Flötespielen durchhielt.
Nun geschah alles fast gleichzeitig.
Jan brüllte: „Marvin, Ben, Hanno, sammelt die Elfen vom Boden und werft sie in das offene Maul des Drachen!“ Während er sah, wie die Jungen ohne zu zögern seinen Befehl ausführten, sprang Jan auf den Sockel, kletterte an dem Hals des bewegungslosen Drachen hoch und nahm den Schlüssel an sich. Die erste Kette in seiner Nähe, die aus dem Boden ragte, war zu klein und passte nicht um das Bein des Fürsten. Jans Herz raste. Die nächste Kette war zu kurz. Er musste gegen die Panik ankämpfen. Wertvolle Zeit verstrich, bis er hastig eine größere und längere Kette

herangezogen und um das Hinterbein des Ungetüms geschlungen hatte. Sorgfältig verriegelte er das Schloss an der Kette und rannte auf Rebecca zu.

Sie kam ihm schon entgegen. Mit ausgestreckter Hand rief sie: „Schnell, Jan, gib mir den Schlüssel. Ich befreie die gefangenen Zauberwesen!“ Sie wandte sich den Gefangenen zu.

Jan schaute zu dem Kobold hinüber. Mit Sorge nahm er wahr, dass Kuno inzwischen vom Spielen einen roten Kopf bekommen hatte. Lange würde er nicht mehr durchhalten.

Jan hoffte, dass er die Erzählung von Kuno richtig in Erinnerung hatte. Er sprang wieder auf den goldenen Sockel, rannte auf den Drachen zu, während er sich mit einem Blick vergewisserte, dass Rebecca alle Gefangenen befreit hatte. Gerade löste sie die letzte Kette. Mit einem tiefen Seufzer erstarb Kunos Melodie.

„Wir haben alle Dunkelelfen in das Maul geworfen!“, rief Marvin in diesem Moment.

Fürst Feridun erwachte träge. Jan zögerte keinen Moment und trommelte mit seinen Fäusten gegen den Bauch des Drachen. Bevor die Dunkelelfen begriffen, wo sie waren, wurden sie mit dem donnernden Lachen des Fürsten in hohem Bogen aus seinem Maul katapultiert. Purzelnd landeten sie auf dem Boden des Saales. Sie zappelten hilflos auf der Erde herum, denn der heiße Feuerstoß des Fürsten hatte ihre dünnen Flügel-

chen angekokelt. Rußig und nutzlos hingen sie an ihren Körpern. Die Dunkelelfen stellten keine Gefahr mehr dar.
Der Drache wandte sich Jan zu und schnappte mit seinem großen Maul nach dem Jungen. Jan wich ihm aus und brachte sich mit einem Sprung aus seiner Reichweite. Schlitternd hastete er über den goldenen Sockel, sprang hinunter und rannte durch den Saal. Hinter sich hörte er klirrendes Kettenrasseln und das wütende Brüllen des Drachen, der nun begriff, dass er gefangen war.
Jan rannte auf den Gang zu und folgte seinen Gefährten, die zusammen mit den befreiten Baumgeistern und Wichten schon den Thronsaal verlassen hatten. Er packte im Laufen den völlig erschöpften Kobold mitsamt der Flöte und klemmte ihn unter seinen Arm.
Als die Zitterelfen unter den Flüchtenden auch Rebecca entdeckten, stießen sie mit einem melodiösen Jubelschrei die unverschlossenen Käfigtüren auf und folgten ihnen eilig.

Endlich hatten sie die Öffnung der Höhle erreicht und erlaubten sich eine kurze Verschnaufpause. Drinnen hörten sie den Drachen brüllen und toben. Jan hoffte, dass die Kette eine Weile halten würde. Irgendwann mochten die Dunkelelfen es vielleicht schaffen, ihn zu befreien, wenn sie das überhaupt wollten. Wo war eigentlich der Schlüssel?

Die Wichte, Baumgeister und Zitterelfen verabschiedeten sich. Sie dankten den Menschenkindern und auch dem kleinen Kobold für die Rettung. Ein Wicht erklärte stolz: „Das ganze Zauberreich wird, *flüster flüster,* von euren, *ui ui,* Heldentaten erfahren."
Alle winkten den Zauberwesen zu, die davonschwebten, wobei die Zitterelfen die Wichte mit in die Lüfte hoben. Rebecca und die Jungen eilten mit dem Kobold auf Jans Schulter zum Flussufer. Jeder von ihnen hatte nur den einen Wunsch, die Insel so schnell wie möglich zu verlassen.

Unten am Fluss blickte der Fährmann sie mit seinem hölzernen Gesicht an. Er bemerkte Rebecca und brummte: „Eigentlich hatte ich erwartet, dass nicht alle von euch wieder zurückkommen. Aber nun seid ihr sogar mehr als auf der Hinfahrt ..."
„Rede nicht so viel, Hölzerner", sagte Kuno, der wieder zu Kräften gekommen war. „Wir haben es eilig, hier wegzukommen."
„Du siehst ein bisschen angestrengt aus, Kobold. Darf ich daraus die Hoffnung schöpfen, dass du auf der Überfahrt weder reden noch Flöte spielen wirst?"
„Ich glaube, für heute hat er genug gespielt", lachte Rebecca und streichelte dem Kobold über den Kopf. Jan und Marvin waren ein bisschen eifersüchtig.

15. Kapitel

Brüllende Fluten, eine singende Gemeinschaft und schöne Worte

Kuno hing müde auf Rebeccas Schoß. Marvin, Ben und Hanno hatten sich aneinandergelehnt. Alle sahen sehr erschöpft aus.

Jan saß neben dem Hölzernen. „Hey, wo bleibt die Musik, Junge? So war das ausgemacht", schimpfte der Fährmann, während er die Ruder ins Wasser tauchte.

„Ich spiele gleich", sagte Jan. Dann fiel ihm etwas ein. „Kuno, du hast doch immer gesagt, du machst dir nichts aus Musik – und doch kannst du so wunderbar auf der Flöte spielen."

Kuno lächelte und antwortete: „Musik bedeutet mir erst etwas, seitdem ich gesehen habe, dass man damit fleischfressende Pflanzen zum Tanzen bringen oder gefährliche Drachen in Ketten legen kann. Vor allem hat aber deine Melodie für die Traumfeen-Nacht so ein komisches Gefühl in mir …"

Der Kobold hielt inne und Jan bemerkte, dass er rot geworden war.

Jan wollte aber auf etwas anderes hinaus: „Wieso wirkte *dein* Flötespiel bei den Dunkelelfen und dem Drachen, meins aber nicht?"
„Dein Spiel hat leider keine Macht über die Dunkle Seite des Zauberreiches", erklärte Kuno, wobei er sich ein bisschen aufrichtete und in die Brust warf. „Aber meinem Flötespiel kann sich niemand entziehen, weder Gut noch Böse …"
Der Hölzerne unterbrach das Gespräch: „Du bist ein kleiner Angeber, Kobold! Lieber wäre mir, ihr erzählt mal der Reihe nach, was ihr in der Höhle mit dem Drachen erlebt habt. Und vor allem, wie ihr da lebend wieder herausgekommen seid!"
Zu aller Verwunderung begann nun Rebecca zu berichten, wie sie befreit wurde. Sie erzählte es so, dass sich alle als Helden fühlten. Nachdem sie geendet hatte, seufzte der Hölzerne. „Was für ein Abenteuer! Schade, dass ich nicht dabei war."

Sie hatten sich schon ein Stück vom Ufer entfernt. Weiter flussabwärts war das Tosen der Stromschnellen zu hören.
„Wohin führt der Fluss eigentlich?", fragte Kuno mit Blick auf das reißende Wasser.
„Bis ans Ende des Zauberreiches", antwortete der Hölzerne. „Dort, wo die Welt der Menschen beginnt."
„Wir könnten uns also viel Zeit auf der Heimreise ersparen, wenn wir den Flussweg nähmen."

Der Fährmann folgte dem Blick des Kobolds und nickte nachdenklich.
Eine Pause entstand.
„Die Stromschnellen sind tückisch“, sagte der Hölzerne.
„Aber du kennst sie, nicht wahr?“, fragte Kuno.
Wieder nickte der Fährmann. Er lächelte. „Ich kenne sie gut.“
Nun lächelte auch der Kobold. „Worauf wartest du, Fährmann? Die Menschenkinder wollen heim in ihre Welt.“
Der Hölzerne setzte sich auf. Mit entschlossenem Blick packte er die Ruder fester. Er schien in diesem Moment aus noch härterem Holz geschnitzt. „Gut festhalten!“
Schon hatte der Fährmann den Kahn gewendet und nahm Kurs auf die Stromschnellen. Rebecca und auch die Jungen schauten den Fährmann mit großen Augen an und krallten sich mit ihren Händen am Bootsrand fest.
Je näher sie den brodelnden Stromschnellen kamen, umso lauter brüllten die Fluten. Dann tauchte der Bug in das wirbelnde Wasser. Gischt spritzte immer wieder hoch und in kürzester Zeit waren sie völlig durchnässt.
Der Hölzerne jauchzte und bewegte die Ruder mit größtem Geschick. Sie nahmen immer mehr Fahrt auf und der Bug des Bootes zerschnitt die schäumenden Wellen in rasendem Tempo. Die nassen, ängstlichen

Gesichter der Kinder und des Kobolds glänzten. Alle schrien auf, wenn sie wieder einem Felsen bedrohlich nahe kamen und befürchteten, ihr Boot würde nun daran zerschellen. Erst im letzten Moment riss der Fährmann das Ruder herum.
Und je schneller die Fahrt wurde, umso jünger wirkte der alte Mann. Zuweilen stand er aufrecht in dem Kahn und es schien, als sei er auf den Planken des Schiffes festgewachsen. Inzwischen waren sie alle bis auf die Knochen durchnässt. Aber immer wilder ging die Fahrt und die Kinder bangten um ihr Leben.

Und dann, von einem Moment auf den anderen, lag das Boot ruhig auf einer glatten und friedlichen Wasseroberfläche. Alle atmeten auf.
Der Fährmann murmelte: „Schade, schon vorbei!"
Das Boot trieb auf dem stillen Fluss und die warme, violette Sonne begann, ihre Kleider zu trocknen.
„Sind wir bald da?", fragte Marvin.
„Nein, nein, so schnell geht das auch nicht. Ein bisschen Fahrt haben wir noch vor uns. Erst mal müssen wir durch das Nymphen-Moor …"
„Was?", brüllten Marvin, Hanno und Ben wie aus einem Munde.
„Keine Sorge!", sagte der Hölzerne. „Wir singen ein bisschen gemeinsam, muss nicht schön sein, aber laut genug. Dann können die Nymphen uns nicht gefährlich werden. Ihr seid doch alle so musikalisch …"

„Die Nymphen sind Marvins geringere Sorge“, mischte sich Kuno ein.
„Was willst du damit sagen?“, zischte Marvin.
„Ich will damit sagen, du hast Angst vor dem Springteufel, weil du ihm Rebecca nicht ausliefern kannst.“
Marvin und seine Freunde glotzten den Kobold mit offenem Mund an.
„Woher weißt du das?“, fragte Marvin kleinlaut.
„Die Zauberwesen sind ein geschwätziges Volk“, antwortete Kuno. „Das musste ich auch schon am eigenen Leib erfahren. Hier gibt es keine Geheimnisse.“
„Kann mir einer erzählen, wovon ihr redet?“, fragte Jan.
Marvin erzählte nun von ihrer Begegnung mit dem Springteufel, wobei er immer wieder deutlich darauf hinwies, dass er niemals vorgehabt hatte, Rebecca wirklich auszuliefern.
„Der Springteufel wird uns alle im Fluss ertrinken lassen!“, jammerte Marvin.
Der Hölzerne lachte schallend.
„Was ist daran so lustig?“, schrie Ben und sprang auf. Das Boot wackelte bedrohlich.
„Setz dich wieder, sonst ersaufen wir, noch *bevor* wir dem Springteufel begegnen!“, befahl der Fährmann.
Kuno erklärte: „Der Springteufel ist einer, der gerne den starken Wicht markiert, aber eigentlich nur will, dass man nett zu ihm ist und ihm schöne Worte sagt.“
Hanno schrie fast: „Er hat uns gedroht, wir würden im

Moor versinken, wenn wir nicht tun, was er will."
„Marvin sagt ihm was ganz Liebes und schon ist der Springteufel ein harmloses, kleines Kerlchen", beruhigte ihn Kuno.
„Fangt an zu singen, wir nähern uns dem Moor", mahnte der Hölzerne. Schon hörten sie in einiger Entfernung den verführerischen Gesang der Moor-Nymphen.
Jan nahm die Flöte und spielte die Rebecca-Melodie. Die anderen im Boot summten sie nach kurzer Zeit mit. Leise, im Hintergrund, hörten sie den bedrohlichen Gesang der Nymphen, der aber nun nicht wirklich an ihr Ohr dringen konnte.
Beim Singen und Spielen schauten sie sich alle an, wobei es Jan vermied, zu oft in Rebeccas Richtung zu blicken.
Auch der Kobold und der Fährmann sangen mit, obwohl ihnen der Nymphen-Gesang nichts anhaben konnte.
Plötzlich hob der Hölzerne die Hand und wies auf einen Felsen vor ihnen. Dort hockte der Springteufel.
Sie hörten auf zu singen, denn auch die Nymphen waren verstummt.
Der Springteufel brüllte: „Hallo Menschenjunge, da bist du ja wieder! Und das Menschenmädchen hast du auch mitgebracht. Auf dich ist Verlass! Wirf sie einfach aus dem Boot. Ich hol sie mir dann schon."
„Du kriegst sie nicht!", brüllte Marvin.

„Das ist der falsche Text, Marvin! Du musst ihm was Nettes sagen, sonst wird er gleich sehr ungemütlich!“, raunte Kuno.

„Bist du lebensmüde?“, schnauzte der Springteufel. „Dir werde ich Manieren beibringen!“ Im gleichen Moment zeigte ihr Boot einen Riss im Rumpf. Glücklicherweise oberhalb des Wasserspiegels. „Der nächste Riss sitzt tiefer!“

Marvin fragte den Kobold mit verzweifeltem Blick: „Was soll ich denn sagen?“

„Denk an jemanden, den du magst, und sag ihm das, was du an ihm toll findest.“

„An wen soll ich denn …?“ Marvins Blick wanderte zu Rebecca, dann wieder zu Kuno. Der Kobold lächelte.

Marvin seufzte. „Du, Springteufel, ich … äh … finde, du … äh … bist nett!“

Der Springteufel wurde rot im Gesicht.

„Weiter!“, zischte Kuno.

„Ich finde, du bist … äh … sehr nett … äh … super nett!“

Der Springteufel glänzte nun wie eine reife Tomate, seine Beine zitterten, er torkelte ein bisschen und setzte sich auf den Felsen.

„Jetzt gib ihm den Rest, Marvin!“, flüsterte Kuno und versetzte ihm einen kleinen Stoß in den Rücken.

Und Marvin legte los: „Du kannst so lieb gucken. Ich freue mich, wenn ich dich sehe, denn dann geht es mir gut. Ich finde dich einfach süß und ich wünschte, wir könnten öfter mal was zusammen unternehmen. Du hast so schöne Haare … deine blauen Augen sind …"

„Das reicht!", sagte Kuno, denn der Springteufel war auf dem Felsen in Ohnmacht gefallen.

„Gut gemacht!", bemerkte der Hölzerne und tauchte die Ruder ins Wasser.

„Echt beeindruckend", sagte Rebecca. „Hätte ich dir gar nicht zugetraut, dass du so nette Sachen sagen kannst. Und das zu einem Springteufel …"

Jans Laune hatte einen Tiefpunkt. „Blaue Augen?", dachte er verächtlich. Der Springteufel hatte deutlich sichtbar rote Augen. Allerdings hatte Rebecca blaue …

Der Fährmann tauchte die Ruder wieder ins Wasser und sie fuhren in gemächlichem Tempo dahin. Es blieb still im Boot. Alle hingen ihren Gedanken nach. Der Hölzerne fragte auch nicht mehr nach Musik. Dann

plötzlich durchbrach er die Stille: „Wir sind da. Weiter kann ich nicht.“ Er legte am Ufer an. Die Blätter an den Bäumen erschienen nicht mehr ganz so bläulich und sie hatten schon eine Weile keine fliegenden Fische mehr gesehen.

Rebecca, die Jungen und Kuno stiegen aus.
„Wie kommst du zurück, Fährmann?“, fragte Rebecca. „Du kannst doch nicht gegen die Stromschnellen …?“
„Liebes Mädchen“, antwortete der Hölzerne. „Mach dir um mich keine Sorgen. Ich finde meinen Weg. So sind die Gesetze im Zauberreich.“ Er winkte und wollte sich vom Ufer abstoßen.
„Moment noch!“, rief Rebecca. Sie holte den Schlüssel für Feriduns Kette aus ihrer Tasche. „Leg ihn ans Ufer der Insel. Dort wird ihn jemand finden, der sich traut, den Drachen zu befreien. Er soll nicht verhungern …“
Der Fährmann nickte, nahm den Schlüssel an sich und legte ab. Alle winkten ihm nach, bis er nicht mehr zu sehen war.

Dann sagte Kuno: „Ich werde hier auch umkehren. Bis zur Grenze des Zauberreiches ist es nicht mehr weit. Ihr findet allein den Weg. Und die Baumgeister werden euch gerne durchlassen. Sie wissen schon, dass ihr einige von ihnen aus den Fängen des Drachenfürsten befreit habt.“
Alle schauten ein bisschen traurig. Besonders Jan fiel

der Abschied schwer. Er und der kleine Kobold hatten ein großes Abenteuer erlebt.
„Pass auf, wo du hintrittst!", sagte Jan und lachte.
„Ja, das werde ich. Denn ich weiß ja, dass weder Schutzengel noch Menschenkinder dafür da sind, mir ständig aus der Patsche zu helfen."
Eine Weile sprach keiner etwas.
Dann zog Jan seine Blockflöte hervor und reichte sie wortlos Kuno. Der nahm sie in seine kleinen Händchen und starrte darauf.
„Vielen Dank für die Flohtröte!"
„Blockflöte!"
„Sag ich ja ... Übrigens: Mein Geschenk für dich findest du in deinem Zimmer."
„Wo gehst du jetzt hin, Kuno?", fragte Jan.
„Ach, weißt du", Kunos Stimme klang ein bisschen heiser, „die Zitterelfen sollen ein so schönes neues Lied vom Zauber der Liebe kennen, das sie in der Traumfeen-Nacht singen. Ich glaube, ich bin soweit, mir das mal anzuhören ..."
Jan lächelte. Er hatte verstanden. Kuno winkte und lief in den Wald.

Wie der Kobold gesagt hatte, wussten die Baumgeister von ihren Heldentaten und ließen die Menschenkinder ungehindert in ihre Welt. Jedoch nicht, ohne ihnen noch einmal für die Befreiung der Freunde aus der Gefangenschaft des Drachenfürsten zu danken.

Direkt hinter der Grenze erwarteten sie die Wichte. Sie hatten in der Mitte der Lichtung Jans Schultasche aufgestellt und traten gegen ein rundes Knäuel aus kleinen Ästen, Farn und Harz. Damit versuchten sie, die Tasche umzuschießen.

„Was macht ihr denn da?“, fragte Jan fassungslos.

„Wir spielen, *bum bum,* Fußball und machen, *oh oh,* Training, *ja ja ...“,* erklärte einer der Wichte.

„Wie seid ihr denn auf die Idee gekommen, Fußball zu lernen?“

„Da, Menschenkind ...“, er zeigte auf Marvin, „... hat es uns, *guck guck,* gezeigt.“

Jan schaute Marvin an. „Du hast den Wichten das Fußballspielen beigebracht?“

Marvin nickte. „Dafür haben sie uns durch einen Geheimgang in das Zauberreich gelassen.“

„Du könntest mir doch auch mal das Fußballspielen beibringen, oder?“, fragte Jan und nahm seine Schultasche vom Boden, was bei den Wichten ein vielfaches *„och och“* auslöste.

„Warum nicht?“ Marvin grinste. „Die Wichte haben es ja auch gelernt.“

16. Kapitel

Keine Lösung für Frau Mittermann

Am nächsten Morgen verabschiedete sich Jan an der Haustüre von seiner Mutter. Und wie jeden Morgen ließ Jan einen Schwall an gutgemeinten Ratschlägen und Fragen über sich ergehen: „Pass in Mathe auf und träum nicht so viel. Geh diesem Marvin aus dem Weg. Und bitte komm heute mal pünktlich von der Schule. Gestern bist du noch später gekommen als vorgestern. Wo treibst du dich nur immer nach der Schule rum? Weißt du, wie lange ich gestern Abend gebraucht habe, um deine Schuhe von dem ganzen Schlamm zu befreien? Sau dich heute nicht wieder so ein wie gestern, bitte! Hast du deine Hausaufgaben gemacht?" Sie wartete keine Antwort ab. Ihr Blick fiel auf die Puppe in Jans Arm. „Nimmst du wieder dieses scheußliche Ding mit in die Schule?" Sie schüttelte den Kopf. „Du musst mal erwachsen werden ..." Sie seufzte, wollte ihm einen Kuss geben, besann sich aber und murmelte liebevoll „Kleiner Spinner".

Jan marschierte los. Die Puppe hatte er gestern Abend in seinem Zimmer gefunden. Sie saß auf seinem Schreibtischstuhl und schien ihn anzulächeln, als er eintrat. Sie sah haargenau aus wie Kuno. Was war das für ein Geschenk?, hatte Jan gerätselt. Er war sich sicher, es war nicht einfach nur eine Puppe. Denn es war das

Geschenk eines Zauberwesens. Und es barg ein Geheimnis. Er wusste nur noch nicht, was für eins. Aber er würde es herausfinden. Jan hatte sich entschlossen, die Puppe mit in die Schule zu nehmen, um sie Marvin, Hanno und Ben, vor allem aber auch Rebecca zu zeigen. „Die werden Augen machen“, dachte er belustigt.

Als Jan den Schulhof betrat, war es fast so, als wiederhole sich das Erlebnis vom vergangenen Morgen. Marvin, Hanno und Ben stürmten auf ihn zu, als er durch das Schultor trat. „Ich glaub‘s nicht!“, brüllte Ben wieder.
Marvin schaute die Puppe an und grinste. „Hallo Jan, darf ich deinen Kuschelbären wieder halten?“
Jan hielt ihm die Puppe hin und antwortete: „Es ist kein Bär, aber das solltest du wissen.“
„Er ist immer noch ziemlich hässlich“, meinte Marvin und legte ihn sich auf den Arm.
In diesem Moment betrat Rebecca den Schulhof. „Na wie ist denn heute morgen die Stimmung?“
Ihr Blick fiel auf die Puppe in Marvins Arm und sie sagte: „Sieht ziemlich echt aus!“ Marvin gab ihn Rebecca. „Er fühlt sich warm an …“, staunte sie und reichte ihn an Jan. „Ich nehme an, dein Geschenk von Kuno?“ Jan setzte sich die Puppe auf die Schulter und nickte.
Rebecca sagte, während sie in ihrer Schultasche kramte: „Ich habe auch Geschenke für meine Retter.“ Sie holte drei durchsichtige Brottüten hervor und reichte sie Marvin, Ben und Hanno. Die Jungen schwenkten die Tüten vor

ihren Gesichtern und versuchten zu erkennen, was darin war. „Haare von den Dunkelelfen“, erklärte Rebecca. „Sie bedeckten den fliegenden Teppich, auf dem sie mich entführt hatten.“ Dann griff sie wieder in die Schultasche, zog eine Blockflöte heraus und hielt sie Jan hin. „Deine hast du ja verschenkt. Aber ich habe gedacht, du brauchst eine, damit du dir weiter schöne Melodien ausdenken kannst.“ Jan nahm das Instrument vorsichtig in die Hand, als sei es eine Zitterelfe und könne leicht zerbrechen.

„Ist meine alte Blockflöte, eine neue konnte ich so schnell nicht auftreiben."
Jan bemühte sich, Rebecca anzuschauen und sagte: „Vielen Dank. Das ist … besser … als eine neue …" Er merkte, wie er rot wurde.
„Und jetzt spielen wir Fußball!", rief Marvin. „Los, Jan!"
Jan packte die Flöte in die Schultasche und setzte die Kuno-Puppe darauf. Auf dem Spielfeld lief er hin und her. Zuweilen trat er auch gegen den Ball. Er traf nicht besonders gut, aber auch nicht wirklich schlecht. Jedenfalls hatte Jan noch nie in seinem Leben so viel Spaß am Fußballspielen gehabt.
Dann klingelte es zum Unterricht.

„Guten Morgen, Kinder!", sagte Frau Mittermann fröhlich in die Runde. „Wir werden uns heute weiter mit dem Malnehmen befassen. Es geht um das schriftliche Multiplizieren von dreistelligen Zahlen …" Frau Mittermann stockte. Jan schaute auf und sah seiner Lehrerin direkt in die Augen. „Ach, nein, uns fehlt doch noch die Lösung für unsere Knobelaufgabe aus der letzten Stunde." Sie machte eine Pause. „Nicht wahr, Jan? Eine Aufgabe, die Nachdenken verlangt."
Oh nein, die blöde Aufgabe mit Rebeccas Mutter und ihrem Fahrrad.

Jan schaute nach hinten zu seiner Klassenkameradin. „Ach, soll Rebecca die Aufgabe für dich lösen? Nein, nein, das schaffst du auch! Also, Jan, wer ist näher an der Schule, wenn sie sich treffen? Rebecca oder ihre Mutter?"
Jan wandte den Blick wieder seiner Mathelehrerin zu und es machte Klick in seinem Kopf. Was für eine blödsinnige Aufgabe! Warum war er da vorgestern nicht drauf gekommen? Natürlich wusste er jetzt die Lösung. Die Aufgabe war im Grunde lächerlich einfach.
Plötzlich veränderte sich Frau Mittermans Gesichtsausdruck. Sie schaute Jan ernst an und fragte: „Wo warst du eigentlich gestern morgen?" Dann fiel ihr Blick nacheinander auf Rebecca, Marvin, Ben und Hanno. „Und du und du und du ...?"

Jans Herz klopfte heftig in seiner Brust. Wie sollten sie das erklären? Ihre Mathematiklehrerin hatte ja keine Ahnung, was er und die anderen gestern erlebt hatten. Und sie würde es auch niemals glauben, wenn sie es ihr erzählten. Aber vielleicht war genau das ihre Chance.
Nach kurzem Überlegen begann Jan: „Ach, wir sind alle Rebecca gefolgt, weil ihre Geschichte nicht stimmt, Frau Mittermann. Rebecca geht ja nicht nach Hause, denn sie ist ins Zauberreich entführt worden. Dort gibt es keine Spaghetti, leider, aber fliegende Fische. Ich weiß gar nicht, ob die schneller sind, als Rebeccas Mutter auf dem Fahrrad. Aber Hauptsache, sie tritt nicht auf eine fleischfressende Pflanze, wie das schon mal diesem Kobold

passiert ist …“ Er nahm die Puppe von der Schultasche und setzte sie gut sichtbar auf seinen Tisch. Frau Mittermann starrte abwechselnd die Puppe und Jan an. Der fuhr fort: „Besser, Rebeccas Mutter fragt den Hölzernen, ob er sie mitnehmen kann. Die reißenden Stromschnellen bringen sie doch schneller voran als ein Fahrrad im Nymphen-Moor. Der Donnerwolkengeist wird ihr sicher die Richtung …“

Marvin unterbrach ihn: „Ben, Hanno und ich wollen nur eben gerne wissen, ob Elfenhaare in Tüten gekocht werden wie Beutelreis, oder am Topfboden festkleben wie Spaghetti?“ Fast gleichzeitig nahmen die Jungen die durchsichtigen Tüten mit den Haaren aus den Taschen und hielten sie in die Höhe.

Frau Mittermann stand mit offenem Mund vor der Klasse. Sie sah sehr hilflos aus, fand Jan.

Rebecca ergriff das Wort: „Sie müssen das nicht wissen! Niemand muss alles wissen! Ich mag auch lieber Pizza als Spaghetti und meine Mutter hat kein Fahrrad mehr, das wurde geklaut. Wir sollten diese unlösbare Aufgabe daher lieber schnell vergessen und Jan spielt uns was auf meiner … äh … seiner Blockflöte vor!“

Bei ihren letzten Worten griff Jan in die Schultasche, holte die Flöte heraus und begann, die eine besondere Melodie zu spielen. Er hatte sich dabei wieder Rebecca zugewandt. In diesem Moment schaute auch sie ihn an. Ein wunderbar warmes Gefühl durchströmte ihn. Da wusste er, die Melodie wirkte nicht nur im Zauberreich …

Letztes Kapitel

Kuno wählt den rechten Pfad

Kuno schlenderte durch den Zauberwald. Was hatte er nicht alles erlebt in den letzten Tagen? Er hatte Menschenkinder kennengelernt und gemeinsam mit ihnen ein Menschenmädchen aus den Fängen der Dunkelelfen und des Fürsten Feridun befreit. Ohne Hilfe von Schutzengeln. „Nicht schlecht", dachte Kuno. Menschen waren eigentlich ganz nette Lebewesen. Sehr freundlich, meistens. Er schaute Jans Geschenk an. „Und ich habe Flötespielen gelernt …"
Er setzte das Instrument an die Lippen und spielte eine schnelle Melodie. Dabei achtete er darauf, nicht am Wegesrand in eine fleischfressende Pflanze zu treten.
Plötzlich standen Gabriel und Messriel, seine beiden Schutzengel, vor ihm.
„Was sind das für Töne, kleiner Kobold?", fragte Gabriel.
Kuno setzte die Flöte ab und starrte die beiden Engel an.
„Na, Kuno, wo willst du denn hin?", fragte Messriel.
„Nicht in den Koboldgarten! Bitte, Messriel, Gabriel! Ja ja, es war nicht richtig, einfach aus der Engelsburg abzuhauen, aber wenn ich euch erzähle, was ich in den letzten Tagen erlebt habe …"
„Wir wissen, was du erlebt hast …", sagte Gabriel.

„Was?“ Kuno glotzte seine Schutzengel an. „Heißt das, mir ist nichts passiert, weil ihr mich die ganze Zeit heimlich beschützt habt?“
„Nein“, beruhigte ihn Messriel. „Wir haben dich nur beobachtet.“
„Aber nicht eingegriffen?“
„Kein Mal! Obwohl, wir geben zu, im Thronsaal des Drachen waren wir kurz davor …“, räumte Gabriel ein.
„Als du aus der Deckung auf den Drachenfürsten zugegangen bist, haben wir gedacht, jetzt ist der kleine Kobold völlig übergeschnappt“, ergänzte Messriel.
„Aber du bist alleine und mit Hilfe deiner Freunde eigentlich aus jeder Situation heil herausgekommen“, sagte Gabriel mit deutlicher Bewunderung in der Stimme. „Daher haben wir in Absprache mit Donna Simona entschieden, dass du nicht mehr in den Koboldgarten musst!“
Kuno atmete erleichtert auf. „Toll, na dann lebt wohl!“ Er wollte sich abwenden.
„Was hast du jetzt vor?“, fragte Messriel neugierig.
Kuno wurde rot. „Zur Traumfeen-Nacht …“
„Soso, na, dann pass gut auf dich auf!“, mahnte Gabriel. „Es kann allerlei passieren auf dem Weg dahin.“
„Und nicht leichtsinnig werden …“, ergänzte Messriel.
Kuno winkte den Schutzengeln zu und drehte sich um. Auf die klugen Ratschläge der beiden konnte er nun gut verzichten.

Vor ihm gabelte sich der Pfad. Er zögerte kurz, um zu überlegen, welche Richtung er einschlagen sollte. Da hörte er die Stimme Gabriels: „Links runter lauert ein Rudel hungriger Werwölfe!“

Kuno nahm den rechten Pfad.

Dank

Die Idee zu dieser Geschichte von Jan und Kuno, dem Kobold, ist im Sommer 2007 in Norwegen entstanden. Diese wunderbaren, unbeschreiblich schönen und einzigartigen Berge, Täler, Fjorde und Flüsse haben meine Fantasie beflügelt, diesen Roman zu schreiben. In dieser „zauberhaften“ Landschaft sah ich überall Trolle, Kobolde und Elfen. Die gibt es gar nicht (glaube ich). Aber fliegende Fische gibt es dort schon. Es sind Lachse, die zu bestimmten Zeiten mit weiten Sprüngen über das Wasser gegen die Stromschnellen anspringen ...

Ich danke der norwegischen Landschaft, sie war die Quelle meiner Fantasie.

Ein herzlicher Dank gilt allen im BVK, die mich mit ihrem unermüdlichen Einsatz und ihrer Kreativität so freundlich unterstützen und aus meinen Geschichten wunderbare Bücher machen. Insbesondere danke ich Hildegard van der Gieth für die anregende Auseinandersetzung mit mir über das Manuskript, die für mich sehr wertvoll gewesen ist.

Nicht zuletzt danke ich meinen Kindern Anna und Jan, die nun erwachsen sind. Ich glaube, ein bisschen schreibe ich die Geschichten noch immer für euch ...

Guido Kasmann
… lebt und schreibt in seiner Geburtsstadt Köln.
Lange Jahre arbeitete er als Grundschullehrer und in der Lehrerausbildung. Zum Schreiben hat er durch seine Kinder gefunden, denen er häufig abends selbst erfundene Geschichten erzählte. Irgendwann begann er, sie aufzuschreiben.
Viele Monate im Jahr tourt er durch Deutschland und präsentiert sein lebendiges Erzähltheater. Dabei erzählt und spielt er seine Geschichten vor Kindern. Die Gitarre ist immer dabei und manchmal auch seine Puppen, z. B. Kobold Kuno.
Wenn er gefragt wird, warum er für Kinder schreibt, sagt er: „Alles in mir und an mir ist erwachsener oder einfach älter geworden, nur ein Teil meiner Fantasie nicht – und der erzählt mir meine Geschichten.“
www.GuidoKasmann.de

Jetzt auch auf YouTube!

Carmen Hochmann wurde am 21. Juni 1970 in Bielefeld geboren. Nach dem Abitur studierte sie Grafikdesign in Bielefeld. Seit 1996 arbeitet sie freiberuflich als Illustratorin, Autorin und Künstlerin. Mit ihrer Familie lebt sie in einem alten Haus auf dem Lande.

Autorenlesungen buchen

Das kindgerecht konzipierte Erzähltheater besteht aus dem Vortrag von Teilen der Romane, theatralischen Elementen sowie musikalischen Beiträgen und Gesprächen zwischen Autor und Kindern.

Kontakt:
post@guidokasmann.de
Betreff „Autorenlesung"
www.GuidoKasmann.de

Guido Kasmann im BVK Buch Verlag Kempen
– eine Auswahl –

Alle Angaben ohne Gewähr. Aktuelle Preise entnehmen Sie bitte dem Internetshop *(www.buchverlagkempen.de)*.

Fantastische Zauberwelten – Band 2

Der Fluch des Bergzauberers

Die Dunkelelfen haben die Macht im Zauberreich übernommen, denn der Drachenfürst Feridun Flint von Funkenflug liegt in Ketten. Kobold Kuno begibt sich in die Menschenwelt und bittet Jan, Rebecca und Marvin um Hilfe. Zusammen mit dem kleinen Halbvampir Graf Mandala von Paprika reisen sie in die Zauberwelt. Dabei treffen sie auf den Bergzauberer, der sie gefangennimmt und den Dunkelelfen ausliefern möchte. Die Lage scheint aussichtslos …

Hardcover, 176 S., Nr.: LI52
ISBN 978-3-86740-245-3

Fantastische Zauberwelten – Band 3

Der Angriff der Dunkelelfen

Fürst Feridun, sein Vater Majestatus und Kobold Kuno sind in die Menschenwelt gekommen, um die Kinder um Hilfe zu bitten: Im Zauberreich wird es immer heißer. Ob die bösen Dunkelelfen wohl etwas damit zu tun haben? Der Wüstenkönigin Garamanta und ihrem Volk muss jedenfalls geholfen werden!

Es kommt zu einem letzten, großen Kampf …

Hardcover, 136 S., Nr.: LI59
ISBN 978-3-86740-315-3

Guido Kasmann im BVK Buch Verlag Kempen

ab 4 Jahren

Schirmel und Oderich

Das Leben ist nicht ganz ungefährlich, wenn man so neugierig ist, wie Schirmel, der Frosch. Da ist es ein Glück für ihn, einen Freund wie Oderich, den Raben, zu haben. Der für einen da ist, wenn man krank ist und Fieber hat, wenn man fliegen lernen möchte oder wenn man im Dunkeln Angst hat.

Sechs Geschichten über Schirmel und Oderich in einem Band, wunderschön illustriert und mit großer Schrift für Erstleserinnen und Erstleser.

Hardcover, 96 S., Nr.: LI86

ISBN 978-3-86740-603-1

ab 6 Jahren

Neue Geschichten von Schirmel und Oderich

Hat der böse Zauberer Oderich in eine Maus verzaubert? Wer klaut dem Osterhasen die Ostereier? Und warum bewegt sich Karl, der Goldfisch, nicht mehr? Ach, die Welt ist aufregend für Schirmel. Zum Glück ist ja sein Freund Oderich da und passt auf ihn auf. Doch fast hätte Schirmel vergessen, ihn zu seinem Geburtstag einzuladen ...

Auch in diesem Band müssen Schirmel und Oderich wieder viele Abenteuer bestehen. Aber Freunde schaffen alles.

Softcover, 96 S., Nr.: LI134

ISBN 978-3-96520-166-8

Guido Kasmann im BVK Buch Verlag Kempen

ab 8 Jahren

Appetit auf Blutorangen

Kathi lernt das kleine Gespenst Gregor von Gutenbrink aus dem Hause derer von Niederfahrenhorst auf Burg Kummerschreck auf einer Geisterbahn kennen.
Gregor hat eine besondere Fähigkeit: Er kann Stimmen nachahmen.
Klar, dass Kathi diese Fähigkeit zu nutzen weiß, z. B. beim Pfuschen in der Mathearbeit.
Aber leider bringt der vorlaute Gregor sie auch in peinliche Situationen, denn Kathi ist ein bisschen in ihren Klassenkameraden Thorsten verliebt.
Ein Ausflug mit der Klasse zu einer Burg wird schließlich zu einem Abenteuer …

Hardcover, 120 S., Nr.: LI01
ISBN 978-3-936577-56-3

ab 10 Jahren

Theo – das Tagebuch!

Theo hat es nicht leicht:
Das Handy seiner großen Schwester hat Husten und bei Google findet er keinen Frühling. Bei zu langem Duschen muss ein Sondereinsatzkommando eingreifen, aber ein Schrubber ist noch lange kein Grund für Liebeskummer. Und Theo fragt sich zudem: Sind Gedichte nur was für Omas? Darf man eine Mama auch mal erfinden? Und hinterlassen Frösche Kratzer beim Küssen?
Vielleicht sollte er lieber darüber nachdenken, wie er Antje aus seiner Klasse ansprechen könnte, aber da ist auch noch die sehr spezielle Hausaufgabe seiner Lehrerin.
Zum Glück hat Theo ja diese verrückt tolle Familie …

Taschenbuch, 144 S., Nr.: LI112
ISBN 978-3-86740-879-0

Guido Kasmann im BVK Buch Verlag Kempen

ab 7 Jahren

Fiete Hering – Abenteuer im Müllmeer

Endlich darf der kleine Fiete Hering das weite Meer erkunden. Doch das ist voller Gefahren – und voller Müll! Menschen wollen ihn mit ihren Netzen fangen und er wird von seinen Eltern getrennt. Als ein riesiger Hai ihn fressen will, bleibt Fiete Hering im Müllmeer stecken. Können seine Freunde – die Makrelen Milli, Minni und Molli – ihm helfen? Und wie können sie wieder ins saubere, schöne Meer gelangen und Fietes Eltern finden? Ausgerechnet der Hai weiß Rat ...

Zum Buch gibt es eine mp3-Audio-Datei, die den Text langsam vorliest. Durch die Datei ist das Buch zudem für den Einsatz des Anybook Pro Audiostiftes geeignet.

Taschenbuch, 64 S., Nr.: LI132
ISBN 978-3-96520-151-4

ab 10 Jahren

Allaq – Jäger im Eis

„Gefahr. Sie ist da. Irgendwo vor ihm. Ein Jäger kann sie spüren, bevor er sie sieht. Allaq hat seine Harpune mit beiden Händen umfasst und wartet, bis sich sein Atem beruhigt hat."

Allaq, der Inuitjunge, ist plötzlich auf sich allein gestellt und der Gnadenlosigkeit des ewigen Eises ausgeliefert. Wenn er überleben will, muss er Menschen finden, die ihn aufnehmen. Sein Weg führt ihn durch die Eiswüste. Er kämpft gegen Walrosse, Eisbären, Schneestürme, unmenschlichen Hunger und Erschöpfung. Und vor allem kämpft er darum, nicht aufzugeben. Aber als er schneeblind wird, scheinen ihn seine letzten Kräfte zu verlassen.

Hardcover, 128 S., Nr.: LI74
ISBN 978-3-86740-474-7

Guido Kasmann im BVK Buch Verlag Kempen

ab 8 Jahren

Die Bande der unbekannten Helden – rettet die Welt

Annika staunt: Im Arbeitszimmer ihres Vaters, einem Geschichtenerfinder, hängen merkwürdige Typen rum: ein stinkender Zwerg mit Namen Mief, XB-Omega 26 vom Planeten Plexus 3, Kapitän Hammerhaken und Skelett O'Hara ... Dann bekommt Papa auch noch Besuch von einem Zauberer mit einer Topfpflanze. Annika belauscht das Gespräch zwischen den beiden und ihr wird klar: Sie muss die Welt vor dem bösen Zauberer retten. Und dazu braucht sie die Hilfe der unbekannten Helden in Papas Arbeitszimmer. Aber die machen sich plötzlich selbstständig ...

Taschenbuch, 152 S., Nr.: LI94

ISBN 978-3-86740-640-6

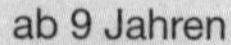

Lena! Chaos! Klappe, die erste!

Lena ist begeistert. Ein Filmteam will in der Pension, in der sie mit ihrer Mutter lebt, drehen. Doch die Aufnahmen verlaufen chaotisch: Satan, ihr Hund, bellt in die Szene, die Ratte Karlchen beißt die Stromkabel der Scheinwerfer durch und eine Katze bringt den allergiegeplagten Regisseur an den Rand eines Nervenzusammenbruchs. Dann ist auch noch plötzlich Matthäus, Lenas Steppenwaran, aus dem Terrarium verschwunden und eine hektische Suchaktion beginnt. Als der junge Hauptdarsteller Martin auf ihrem Pferd vom Drehort flieht und von der Polizei gesucht wird, begreift Lena, dass das Leben kein Film ist.

Hardcover, 240 S., Nr.: LI105

ISBN 978-3-86740-777-9

Weitere Bücher im BVK Buch Verlag Kempen

ab 9 Jahren

Stefan Schwinn

GHOSTKIDS – Spuk in London

An der Geisterakademie zu Cambridge erwartet Hazy McMazy, Tacitus Twiggs und Foggy Bog eine faustdicke Überraschung.
Als angehende Ghostkids werden sie auf ihre erste Mission nach London geschickt. Dort sollen sie eine Halloweenparty kräftig durcheinanderwirbeln, die Michael Doodle mit seinen Freunden feiert. Kaum treffen sie dort ein, geraten sie von einem Missgeschick ins nächste. Gemeinsam mit Michael, seiner Schwester Sue und seinem Freund Sam werden sie schließlich in einen aufregenden Kriminalfall verwickelt.

Hardcover, 152 S., Nr.: LI115
ISBN 978-3-86740-891-2

ab 8 Jahren

Jutta Wilke

Florentine oder wie man ein Schwein in den Fahrstuhl kriegt

„Was fressen Schweine eigentlich zum Frühstück?“, fragt sich Clemens-Hubertus, nachdem er ein Schwein im Garten entdeckt hat. Das Schwein heißt Florentine und ist ein entlaufenes Zirkusschwein, das Clemens' Leben ganz schön auf den Kopf stellt. Zum Glück hilft ihm Erdal, der mit seinen Eltern, Großeltern und acht Geschwistern in einer Wohnung im siebten Stock wohnt. Florentine soll auf den Balkon – aber dazu muss sie erst in den Fahrstuhl!

Taschenbuch, 140 S., Nr.: LI103
ISBN 978-3-86740-751-9

Weitere Bücher im BVK Buch Verlag Kempen

ab 8 Jahren

M. Mai / H.-J. van der Gieth

KoalaCrew – Geheimnisvolle Spuren

Lotte, Mia, Elif, Max, Leon und Baschar – das ist die KoalaCrew. Beim Spielen im Stadtpark entdecken die Kinder Fässer mit giftigem Inhalt und kurz darauf sterben alle Fische im Teich des Parks! Klar, dass die KoalaCrew die Sache aufklären will.
Im Unterricht gibt es ein Projekt, bei dem sie sich aktiv für den Schutz ihrer Umwelt einsetzen können und sogar die Zeitung berichtet über das Fischsterben.

Doch schafft die KoalaCrew es, den Täter zu ermitteln, der für all das verantwortlich ist?

Inklusive Hörbuch!

Taschenbuch, 136 S., Nr.: LI138
ISBN 978-3-96520-335-8

ab 9 Jahren

H.-J. van der Gieth / U. Potofski

MUT ich – Warum machen alle mit?

„Opfer, Opfer!“, rufen die Kinder im Chor, als Paul sich in seinem Seil verheddert und auf den Boden fällt. Platsch – mit beiden Knien landet er im Dreck. So ein Mist!, denkt er. Er hat das Spiel verloren.

Die Clique spielt einfache Kinderspiele – und am Ende wird der Verlierer bestraft. So wie bei Squid Game. Besonders Anführer Ben denkt sich immer härtere Strafen aus. Und alle machen mit.
Denn keiner hat den Mut, Ben zu widersprechen. Schließlich kommt es zur Katastrophe.

Eine Geschichte von Gruppenzwang, Mobbing, schlechtem Gewissen und Mut – authentisch und aufwühlend!

Taschenbuch, 120 S., Nr.: LI135
ISBN 978-3-96520-196-5